KB120787

Diamond Head, Honolulu

하와이하다

하와이하다

글 · 선현경 × 그림 · 이우일

파도 타고 글 쓰고
파도 타고 그림 그리고
여행과 일상의 사이 그 어디쯤
조금 긴 하와이 살이

비채

하와이Hawaii로 올 때 나는 러닝화를 샀다. 호놀룰루 Honolulu 마라톤에 나가보겠다며 나름 좋은 것으로 골랐다. 우일은 낚싯대를 구입했다. 남편이 잡아온 해산물로 요리를 하게 될 나는, 심심할 때마다 물고기 손질법을 검색하곤 했다. 어째서 이곳 하와이에 오면 우리가 생전 안 하던 마라톤도 하고 낚시도 할 거라 믿었던 걸까. 이십삼 년을 함께 살면서도 우리는, 자신도 제대로 알지 못했다. 오고 보니 운동화는커녕 양말도 신기 싫다. 하와이는 잘 차려입고도 슬리퍼로 마무리하게 되는 곳이다. 낚시는 무슨. 해산물과 함께 바다에 떠서 놀고만 있다. 그렇게 일 년하고도 십 개월이 지났다. 이젠 슬슬 집으로 돌아가야 할 시간이다.

여행의 묘미는 언제나 집으로 돌아가는 것에 있었다. 긴 여행을 하고 나면 김치와 밥이 먹고 싶었다. 귀찮기만 하던 부모님의 잔소리가 그리워지는 놀라운 경험을 했다. 익숙함으로 돌아가는 일이 기쁘고 설레었다. 그런데 요번은 다르다.

하와이에서는 이상하리만치 방향을 잘 알았다. 나는 손으로 글을 쓰는 시늉을 해봐야 오른쪽이 어느 쪽인지 알아채는 어벙한 사람이다. 그런 내가 하와이에서는 좌우가 헷갈리지 않았다. 여기서는 좌우 대신 산과 바다를 말하기 때문이다. 요가를 할 때도 훌라댄스를 배울 때도 오른쪽 왼쪽이 아닌 산 쪽Mauka과 바다 쪽Makai으로 말했다. 좌우가 헷갈리지 않으니 집이 헷갈리기 시작한 걸까? 돌아가야 하는데 집이 어딘지 모르겠다. 나는 어디로 가야 하나. 우린 여기서 무얼 하며 지낸 걸까.

집 밥을 해먹고 책상에 앉아 일을 하며 십오 년간 함께 지낸 카프카(우리 고양이)까지 함께 있었으니 여행은 아니었다. 하지만 모든 걸 빌려 쓰는 처지라 현지인도 아니었다. 맑고 깨끗한 공기 덕에 코딱지마저 내 것 같지 않게 투명하고 하얬다. 이런 곳에서 무얼 했냐 하면 우린 '하와이하며' 글을 쓰고 그림을 그렸다.

포르투갈에는 '창문하다janealar'라는 동사가 있다고 한다. 그곳에는 창문을 통해 바깥세상을 만나며 생각하는 사람이 많기 때문이다. 창을 통해 다른 삶을 보고 생각하는 일. 우리도 하와이를 통해 다른 세상을 보고 서로를 생각했다. 우린 하와이했다.

자주 바다에 갔고, 바다에서 점처럼 작아지는 서로를 바라보았다. 그리고 아무리 작아져도 사라지지 않는 소중한 자신을 발견했다. 그렇게 우리는 하와이하며 지냈다.

맘 놓고 하와이하게 도와준 내 친구 미셸과 줄라이에게 감사 인사를 전한다. 한국어는 모르지만 말이 통해서 서로를 이해하는 건 아니니까.

이십이 년 전 우일과 신혼여행기를 쓰고 그리며 다시는 함께 책은 안 만들겠다고 다짐했는데, 다시 공동 작업을 했다. 하와이한 시간 덕분에 그 작업이 조금은 수월했다.

여전히 집이 어딘지 모르겠는 바보지만, 어쩌면 집은 살면서 계속 새로 찾아내야 하는 곳인지도 모른다. 항상 집보다 더 좋은 곳은 없다고 생각했는데 집만큼 좋은 곳이 생겼다. 길지 않은 시간이었지만 떠났기에 가질 수 있는 시간들이었다. 버렸기에 가진 날들을 기록했다. 세상을 사람을 그리고 우일을 조금 더 깊이 만나게 해준 시간이었다. 그 시간들을 함께 나눌 당신에게 하와이식 감사 인사를 전한다.

알로하aloha. 그리고 마할로mahalo!

호놀룰루에서

선현경

Hawaii / Oahu Beach Map

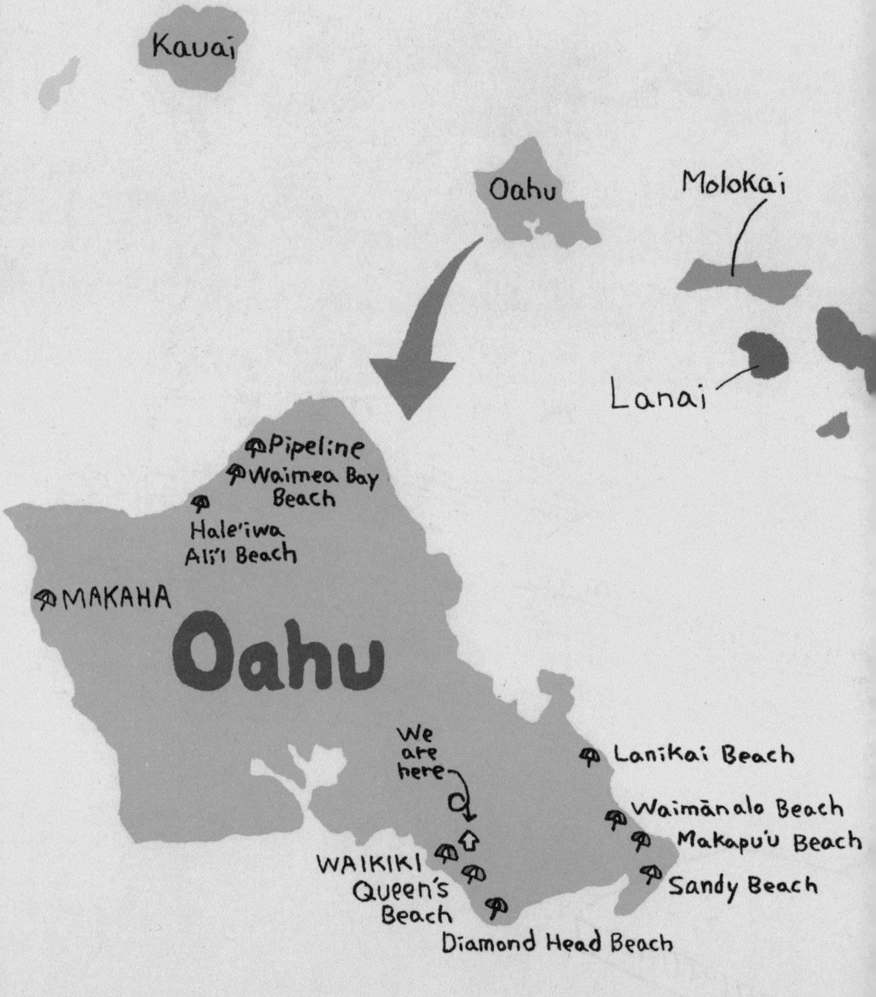
Kauai
Oahu
Molokai
Lanai
Pipeline
Waimea Bay Beach
Hale'iwa Ali'i Beach
MAKAHA
Oahu
We are here
Lanikai Beach
Waimānalo Beach
Makapu'u Beach
Sandy Beach
WAIKIKI
Queen's Beach
Diamond Head Beach

Maui

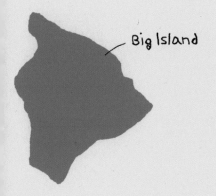

Big Island

Contents

2017. 10.

#1

2017년 10월 18일, 이 년을 지낸 포틀랜드Portland에서 오아후Oahu 섬으로 이주했다. 다시 시작이다. 고양이를 허용하는 집도 구해야 하고 차도 장만해야 한다. 포틀랜드와 가장 다른 풍경은 더운 날씨보다 수많은 아시아 사람들이다. 일본인이 압도적으로 많다. 공항 한쪽 터미널에선 영어로 물어봐도 일본말로 대답해준다. 오키나와에 도착한 줄 알았다.

피부색이 닮은 사람들이 많으니 맘은 푸근해진다. 공항 검역소에 들러 동물 등록 및 허가 서류를 확인한 후 카프카를 데리고 나와서 차를 빌릴 때까지, 영어보다 일본말과 중

국말, 우리말을 더 많이 들었다.

호놀룰루 시내로 들어서니 차도 밀리고 사람도 많다. 정신 사납고 복잡하고, 지저분하다. 호젓한 포틀랜드에서 이 년을 지냈더니 촌스럽게 자꾸 두리번거리게 된다. 그래도 태생이 도시인이라고, 대도시의 번잡함과 함께 아늑함이 느껴진다.

#2
─────────────────────────────

예약해둔 에어비앤비airbnb 숙소는 위치가 좋다. 호놀룰루 동물원 뒤쪽에 있는 한적한 주택가에 있다. 와이키키 해변Waikiki Beach의 번화한 거리까지 도보로 십오 분밖에 안 걸리는데 조용하고 깨끗하다. 앞으로 지낼 집도 이런 동네에 구하면 좋겠지만 대부분 크고 좋은 저택들이다. 어렵겠다.

숙소 주소를 확인하려다 차 키를 잘못 눌러 경적 버튼을 눌렀다. 끄자마자 근처 집에서 한 아주머니가 차 앞으로 뛰어나왔다. 삐쩍 마른 은발의 여인이다. 혹시 에어비앤비를 찾는 거냐고 힘없이 속삭였다. 그렇다고 대답하자마자 내 손을 잡고 자신의 뒷마당으로 끌고 가 집 안내를 시작했다.

우리가 예약한 에어비앤비 숙소의 주인 아주머니였다.

그녀는 밝히기 싫은 사실을 억지로 고백하는 피해자처럼 기어들어가는 목소리로 집 안내를 시작했다. 뒷마당의 야외 부엌과 샤워장을 소개하고 우리 방 소개까지 마쳤다. 여기가 네가 지낼 곳이라며 눈을 껌뻑이는 그녀는 피곤해 보였다. 방에 딸린 화장실을 구경하고 나가보니 그녀가 소파에 앉아 날 바라보고 있었다. 나도 같이 그 소파에 앉으니 그녀는 울기 시작했다. 그렁그렁한 눈물까지 훔치며 훌쩍였다. 느닷없었다.

당혹스러워 이유를 물으니 내가 울린 경적 소리 때문이

여기가
내 자리

라는 대답이 돌아왔다. 여긴 주민들이 거주하는 조용한 동네다. 그런 곳에 에어비앤비로 들락거리는 뜨내기 여행객이 많아졌고, 그게 못마땅한 주민들이 생겼다. 그들은 이곳에서 발생한 몇 번의 소음과 주차 문제를 신고했고, 그중 제일 열심히 고발하는 주민이 바로 옆집에 산다. 요번에 또 신고를 당한다면 영업이 중지될 수도 있다며 울먹였다.

나도 울고 싶었다. 처음 도착한 하와이 에어비앤비 숙소의 주인이 실수로 낸 경적 소리 하나로 우는 사람이라니 뛰쳐나가고 싶었다. 하지만 먼저 눕고 싶었다. 포틀랜드에서 새벽 3시에 일어나 고양이까지 이고 지고 비행해온 우리는, 어디라도 좋았다. 착잡한 마음으로 그녀를 끌어안았다.

"걱정 마세요. 앞으로는 그런 일 없을 거예요. 경적은 실수로 울린 거랍니다. 눈물을 거두세요. 우리가 잘할게요."
울고 있는 아줌마의 어깨는 곧 무너질 것처럼 허술했다.

그 일 이후 그녀는 나와 마주치기만 하면 안고 뽀뽀를 한다. 멀리서 보이기만 해도 키스를 날려주신다. 집 앞 도로에서 만나면 거의 무음에 가까운 대화로 속삭이지만, 뒷마당에서 만나면 우리 집 고양이의 안부를 물으며 깔깔대기도 한다. 우연히 슈퍼에서 만났는데 쇼핑한 샴푸 뚜껑을 열더니 향이 어떠냐며 내게 묻기도 했다. 그럴 일은 절대

없겠지만 다시 이 숙소를 이용한다면 특별 할인을 해주겠다며 손가락까지 걸었다.

주인 아주머니와 속삭이고 뽀뽀를 하며 아슬아슬하고 조용한 에어비앤비에서의 생활을 시작했다. 이제 일 년 동안 지낼 집과 차만 구하면 된다.

#3

이사 오기 몇 달 전부터 포털 사이트에서 오아후 섬의 장기 임대주택을 뒤져봤었다. 포틀랜드에 비해 아담하고 싼 집들이 많았다. 쉽게 찾을 거라 예상했다. 하지만 많은 건 많은 대로 고민이었다. 집이 넓고 깨끗하면 동네가 험했다. 너무 외진 곳이라 산책은커녕 방어용 무기를 소지해야 할 것 같은 험한 동네였다. 동네가 좋으면 집이 험했다. 겉은 그럴듯한데 들어가보면 곰팡이 냄새에 술 냄새가 밴 곳도 있었다. 계약 조건도 제각각이다. 집세에 수도세나 전기세, 주차비가 포함되어 있는 집, 몇 개만 포함되어 있는 집, 각기 따로 받는 집 등 조건이 다 달랐다. 한정된 금액으로 이것저것 따지자니 머리가 아팠다.

새벽부터 집을 구하기 위해 섬 이곳저곳을 휘젓고 오후가 되면 몸도 지치고 마음도 힘들어 신경 거스르는 말을 무심코 주고받는다. 포틀랜드에 도착해 집을 구할 때도 그랬다. 그때 원 없이 싸워 이번에는 잘할 줄 알았는데 아니다. 처음부터 다시 시작이다. 새로운 곳에는 새로운 싸움이 기다리고 있었다. 대체 우린 왜 집을 떠나 이리 떠도는 건지, 집을 구할 때마다 드는 생각이다. 대화를 하다 보면 어느새 서로 상처를 주니 입을 다물게 된다. 불행인지 다행인지 큰 소리를 내면 안 되는 숙소에서 지낸다.

선택의 문제다. 적은 예산으로 위치와 공간 둘 다 만족하기는 어렵다. 위치를 최우선으로 두자고 합의를 보았다. 둘이 각자 작은 원룸 스튜디오를 따로 구하게 될 것만 같아 서둘러 결정했다. 힘들면 뛰쳐나가 혼자 걸을 수도 있는 안전한 동네다. 와인색 카펫이 영 맘에 들지 않지만 아담하고 짜임새 있는 공간이었다. 집을 정하니 싸움도 물러갔다. 이제 이사를 하고 차만 구하면 예전처럼 평화로운 생활을 시작할 수 있을 것이다.

집도 차도 없이 에어비

조용~

모기 목소리로 싸운다

조용하니까 더 무서워~

앤비에서 소곤대며 지내는 요즘. 여행도 일상도 아닌 어정쩡한 생활에 구름 위를 걷는 기분이다. 낮이면 퀸스 해변Queens Beach에 누워 일광욕을 한다. 더우면 바다로 들어가 몸을 식힌다. 선선해지면 카피올라니 공원Kapiolani Park 벤치에 앉아 바다로 떨어지는 노을을 바라보며 글을 쓰거나 그림을 그린다. 아무것도 없는 이대로도 나쁘지 않다. 이 섬을 맨몸으로 느끼는 중이다.

#4

카이마나 해변Kaimana Beach은 번잡한 와이키키에서 조금 떨어진 아담한 동네 해변이다. 주민들이 개를 데리고 산책도 하고 공놀이도 하는 작은 해변이다. 큰 개들은 주인이 바다로 던진 공이나 나뭇가지를 물고 잘도 헤엄쳐 뭍으로 나오곤 했다.

오늘은 꽤 멀리서부터 수면을 가르고 있는 개가 있어 유난히 수영에 소질 있는 개라며 지켜보았는데 철퍽철퍽 뭍에 오르니 물개였다. 바다에서 나온 개가 물개라니.

물개는 바다 한가운데에서 수영하는 사람들 사이를 뚫고 유유히 헤엄쳐 해변으로 왔다. 그렇게 모래사장에 도착한 물개는 찜질방에 도착한 피곤한 아줌마처럼 사람들 사이에 자리를 잡고 드러누웠다. 곧 해양 안전요원이 다가가 그 물개 주변에 깃발을 꽂기 시작했다. 접근 금지 명령 깃발이다.

물개도 안전요원도 담담하게 대처하는 걸 보니 종종 있는 일인 모양이다. 무리 생활을 하는 걸로 알았는데 왜 혼자서 사람이 많은 해변으로 올라온 걸까. 혹시 물개도 여행을 하다 지쳐 잠시 쉬러 나온 걸까.

우린 물개와 함께 같은 모래사장에 누워 햇볕을 쬐었다. 물개가 다시 길을 떠나 무리를 만날 때쯤엔 나도 이곳에서 적당한 무리를 만나게 되기를.

5

에어비앤비 숙소에서 월세 아파트로 이사를 했다. 작은 공간이라 자꾸 팔다리가 서로 부딪치는 게 흠이지만, 청소는 간편하다. 암막 커튼(여긴 뜨거운 태양 때문에 대부분의 집 창에 암막 커튼이 있다)을 치고 거실의 일본식 미닫이문을 닫으면 일본 온천에 놀러 온 기분이 든다. 커튼을 젖히고 거대한 산맥과 바람에 흔들리는 야자수를 보며 드라마틱하게 하와이를 느낄 수 있는 집이다.

하와이에 오면 늘 따뜻할 줄 알았는데 11월이 되니 비도 자주 오고 바닷물도 차다. 겨울이다. 눈이 내리고 영하로 기온이 떨어지는 곳에서 들으면 비웃을 수준의 미미한 겨울이지만 더운 10월에 비해 확실히 서늘하다.

포틀랜드에서 괜히 들고 왔다며 후회했던 두꺼운 이불을, 입을 일이 없을 거라며 깊숙이 넣어두었던 가을옷을 꺼내기 시작했다. 11월 말이 되니 바람의 소리가 달라졌다. 밤마다 창틈으로 시베리아 허허벌판에서나 날 법한 거친 바람 소리가 들려왔다. 며칠 뒤 수면용 귀마개 백 개가 집으로 배달되었다. 바람 소리에 자다가 깬 우일이 아마존 amazon에 들어가 인터넷 쇼핑을 했다. 잠결이라 백 개나 되는 줄은 몰랐다며 평생 쓰자고 한다. 귀에 꽂아보니 금세

저 위에는
일 년 내내
비가 내린다고…

추워

추워

오들 오들

부들

소리들이 작아진다. 귀가 따뜻하고 고요하다.

#6

중고차를 샀다. 집도 차도 모두 중고 매물 사이트honolulu craigslist를 이용했다. 발품을 팔면 싸고 좋은 매물을 만날 수 있는, 믿을 만한 개인 대 개인 중고 거래 사이트다. 덕분에 중고로 싸게 구입했다.

여긴 한국에 비해 중고차의 선택 폭이 넓었다. 맘만 먹으면 오픈카나 빈티지 카도 쉽게 구할 수 있었다. 기회는 이때다 싶어 오픈카를 둘러봤지만, 뜨거운 태양과 잦은 비가 공존하는 곳에서 차 뚜껑을 열고 달리는 날이 며칠이나 될까 싶어 관뒀다. 가격이 싸다면 아름다운 차를 가져도 되지 않을까 하는 오만방자한 생각에 빈티지 차도 보았다. 예쁘긴 하지만 주유구도 못 찾고 보닛도 열 줄 모르는 사람이 소유할 차는 아니었다. 그런 차량의 소유주는 차에 대한 지식과 끊임없는 사랑이 필요할 것이다.

싼 2007년식 BMW 하얀색 왜건을 발견해 메시지를 보내고 만나기로 했다. 주인은 이십대 후반의 젊은 남자였다. 타보니 승차감도 좋고 외관도 멀쩡했다. 십오만 마일. 많이 뛰긴 했지만 그 덕에 값을 다 받지 않겠다는 차주의 무덤덤함에 호감이 갔다. 차에 문제가 있어 파는 게 아니라 차를 바꾸고 싶은 젊은이였다. 자신의 첫 차였고 사고 난 적이 한 번도 없었다며, 심드렁하게 차에 대한 조회를 해 보이는데 믿음이 갔다. 그동안 봐온 겉만 번지르르한 차들과는 달리 실용적이고 튼튼해 보였다. 무엇보다 가격 대 성능비가

24

좋다. 왜건이라 물건도 많이 실을 수 있겠다.

바로 돈을 지불하고 차 키를 건네받기로 했다. 차를 이렇게 쉽게 사도 되는 것인지 조금 걱정되긴 했지만 소박한 그 차가 바로 '우리 차'로 보였다.

#7

드디어 우리에게도 기동력이 생겼다. 원하는 곳은 어디든 갈 수 있다. 이 년 동안 포틀랜드에서 대중교통만 이용하다 차가 생기니 천군만마를 얻은 기분이다. 그래 이 섬에 숨어 있는 보석 같은 해변을 낱낱이 찾아다녀보리라. 이 차와 함께 달려가 서핑도 배우고 잠수도 해봐야지.

차를 구입한 기념으로, 미국에서 이 년이나 지내면서 한 번도 못 가본 월마트Walmart와 코스트코Costco로 향했다. 크고 무거워 살 엄두를 못 낸 묶음 상품들을 사기로 했다. 맥주도 박스로 구입하고 물과 탄산수도 마음 놓고 샀다.

집에 도착해 우일이 내리며 앞좌석 문을 닫았는데 뭔가 부서지는 소리와 함께 뒷좌석 유리창이 스르륵 내려갔다. 뭔가 조임쇠가 빠졌을지 모른다며 스위치를 작동했더니 반대쪽 창문마저 내려간다.

그날부터 뒷좌석 창은 손으로 밀어 올려야 닫혔다. 누

구나 밖에서 열고 닫을 수 있는 수동 창이 되었다. 차를 잠그는 게 의미가 없어졌다. 다음 날 트렁크를 열려고 손잡이를 잡았는데 프라스틱으로 된 손잡이가 힘없이 바스러졌다. 차를 사자마자 생긴 일이라 황당해 전 주인에게 연락했다. 그는 바로 얼마 전에 창문을 고쳤다며 카센터를 알려주었다. 트렁크 손잡이는 오래되어 삭았다며 친절하게 이베이ebay에 올라온 부품을 링크해 보내주었다.

카센터에 가니 전 주인이 고친 문제와는 다른 문제라며 돈을 내야 수리를 하겠다고 했다. 이젠 내가 주인이고 이제막 샀다니 수리비의 반이라도 전 주인에게 받아야 마땅하다고 했다. 오래된 차라 싸게 샀으니 그만큼의 비용은 주인인 우리가 치르기로 했다. 비용을 들여 고치니 창문은 다시 자동이 되었다. 자동문을 처음 사용하는 아이처럼 몇 번이나 스위치를 켰다 껐다. 트렁크 손잡이는 바스러진 대로 쓰기로 했다.

2017. 12.

대체
그 머린
어서
잘랐냐?

8

12월 1일. 오아후 섬 전체에 경보 사이렌이 울렸다. 북핵 대비 훈련 사이렌이다. 앞으로 매달 첫째 날마다 울린다고 한다. 허리케인을 포함한 자연재해 대비도 함께하는 것이라고는 하지만 북한의 핵미사일을 대비하기 위한 훈련이다. 사이렌이 울리면 대피할 시간이 십오 분 정도 남았다는 뜻이랬다. 지하로 가야 안전하지만 하와이엔 지하 공간이 거의 없으니 일단 실내에 들어가 있으면 된다. 사이렌이 울려 밖을 보니 차도 자전거도 사람도 다들 그냥 그 사이렌을 들으며 지나간다. 우리나라의 민방위훈련처럼 모든 걸 잠시 정지할 줄 알았는데 다들 별 관심이 없어 보였다. 북한의 핵미사일을 떠올리며 사이렌 소리를 들었더니 몸도 마음도 스산하다. 하와이의 겨울이다.

그림도
흑지고
차도
흑집

#9

오아후 섬 북쪽에 있는 해변을 향해 고속도로를 달리는데 계기판에 빨간 경고등이 켜졌다. 대수롭지 않게 여기며 달리는데 어디선가 고무 타는 냄새까지 났다. 차도 잘 모르는데 이런 상태로 달릴 수는 없었다. 늘 가던 카센터가 문을 열지 않은 시간이라 급한 대로 가까운 BMW 서비스센터로 가 점검을 부탁했다.

　몇 시간 뒤 이 차를 산 가격보다 비싼 수리 견적서를 받았다. 산 지 한 달도 안 된 차라고 호소하니 담당 직원은 당장 차를 판 사람에게 연락하라며 명함을 주었다. 전 주인이 자기에게 전화하면 더 상세히 설명하겠다고 했다. BMW

서비스센터에서는 고친 것도 하나 없으면서 차 점검 비용만 삼백 달러도 넘게 받았다.

전 주인에게 어떻게 생각하느냐는 문자를 보냈더니 아무 대꾸가 없었다. 전엔 그리 성실히 답변해주던 그가 내 문자를 읽고도 무시했다. 하긴 끝난 거래다. 우리가 스스로 판단해 산 차였다. 수명이 거의 다 된 차에 첫눈에 반한 건 우리였다.

창문을 고쳐준 카센터로 갔다. 카센터 주인은 BMW 서비스센터는 늘 그런 식이라며 얼굴을 찡그렸다. 그리고 최소한만 고쳐도 아무 문제 없다며 날 위로했다. 워낙 주행거리가 길어 문제지 좋은 차라며 차 칭찬까지 덧붙였다. 뒷창

문을 고치자마자 이런 일이 생기니 불쌍해 보였나 보다. 서비스센터에서 받은 수리 견적의 팔분의 일 가격이면 다 고칠 수 있다고 격려했다. 다시 그에게 맡기기로 했다. 속은 쓰리지만 받아들이기로 했다.

#10

돈을 들여 고치고 나니 차가 더 내 것 같아 보였다. 고친 차를 몰고 집으로 돌아오는데 몸에 착 감기는 면 티를 입은 것처럼 편안했다. 오래되어 낡고 헤져서 생긴 아늑함. 닳아서 생긴 부드러움. 이 차도 그런 촉감이 있었다. 주행거리를 보니 나보다는 많은 오아후의 길들을 알고 있겠지. 그래. 앞으로 잘 부탁한다.

하와이로 오고 나니 그렇게나 그립던 서울보다 포틀랜드가 문득문득 떠오른다. 썰렁했던 포틀랜드의 다운타운과 멈추지 않을 것만 같던 비, 하늘이 까매지도록 날던 그 많은 까마귀 떼. 시간 가는 줄 모르게 만드는 헌책방과 빈티지 가게들. 루미큐브Rummikub를 하던 오직 셋만의 저녁. 〈라라랜드La La Land〉를 보고 나와 걷던 그 길. 부랑자들과 함께 마지막 버스를 기다리며 셋이 뭉친 그 밤. 그곳에서 고작 이 년을 살았을 뿐인데, 그립다.

지금 이 순간도 지나고 나면 곧 그리워지겠지. 차를 고치는 것으로 하와이에 살 준비는 끝냈다. 언젠가는 추억이 될 오늘이 지나가고 있다.

크리스마스인데
선물 안 줘?

↑산타 닮은
관광객

#11

2017년이 며칠 남지 않았는데 수영복 차림의 사람들이 어슬렁거리는 동네에 있으니, 통 연말 느낌이 들지 않는다. 올해 한국은 전례 없는 이른 한파로 시베리아의 날씨보다 춥다는 뉴스를 들었는데, 좀 미안하다. 연말인데 봐야 할 사람들도 못 보고 지나가니 날씨만 미안한 게 아니다. 갑자기 아파서 수술을 했다는 동생도 보고 싶고, 동생

수술로 마음 아팠을 엄마도 보고 싶고 공부한다고 멀리 떠난 딸도 보고 싶다.

그래도 하와이에는 가족이 하나 있다. 바로 사 년 전 이곳에 정착한 시동생 부부 우성과 정은이다. 우성은 서핑을 좋아해 이곳으로 이민을 왔다. 그는 회사에 다니고 정은이는 그림을 그리며 하와이에 정착했다. 한 시간만 운전하면 볼 수 있는 거리에 가족이 있으니 좋다. 김치를 듬뿍 담가 나눌 수도 있고, 명절이라며 만나 같이 밥을 먹기도 한다. 이렇게 해가 간다. 해를 보낸다는 건 누군가와 헤어지는 것과 같은 쓸쓸한 일이라는 사실을 실감하며 연말을 보내고 있다.

#12

하와이 해변 백사장이 파도에 깎여 해안 침식이 심각하다는 뉴스를 들었다. 올 겨울이 유난하다. 오아후 북쪽에 있는 선셋 해변Sunset Beach은 침식으로 모래사장 위의 인명구조 타워를 작년보다 3미터나 육지 쪽으로 이동시켰다. 해마다 열리는 서핑대회의 진행 무대도 변경했다는 소식이다. 선셋 해변은 겨울 파도가 유난히 높아 서퍼들에겐 성지 같은 곳이다. 거친 폭풍에 활처럼 휘어진 야자수와

그 나무들에 걸린 석양이 아름다워 이름까지 '해 질 녘'이다. 아무렇게나 찍어도 달력 사진이 되는 현실감이 없는 해변, 그런 곳이 변하고 있다.

북쪽 해안(노스 쇼어 North Shore)을 따라 해변과 연결된 계단이 있는 주택들도 걱정이다. 해안선이 바뀌었기 때문이다. 하와이 해안선은 육지의 가장 높은 지점에 남는 물자국을 토대로 결정한다. 일부 주택의 사유지가 공해안선에 포함되어 주정부의 땅이 되었다. 공공의 땅이라 개인이 원한다고 해서 보수공사를 하거나 구조물을 세워 넣을 수가 없다. 어떻게 할지 서로 논의중인 모양이다.

우성이 놀러 왔기에 해변 침식 이야기를 했다. 없어질지 모른다며 조바심을 내니 해변이 그리 쉽게 사라지지는 않을 거라며 웃는다. 우성은 이민 초기에 집을 노스 쇼어로 구했다. 회사까지 가려면 차로 한 시간 반이나 걸리는데도 그곳 해변이 좋아 북쪽으로 구했다. 그도 오자마자 해변 침식 이야기를 듣고, 없어질까 아쉬워 짬이 날 때마다 서핑을 했다. 그리고 모래가 깎여나갈 때마다 복구되는 해변을 목격했다. 주정부에서 모래를 사다가 그곳에 어마어마하게 부어놓는다는 이야기였다.

예전에 부산 해운대에 모자란 모래를 외국에서 사다 붓는다는 기사를 읽은 적이 있다. 그땐 모래를 사다 해변에

붓다니 우리나라 사람들이 유난을 떤다고만 생각했는데 그 별난 일을 이곳에서도 해마다 하고 있는 모양이다. 이국의 모래가 배를 타고 바다를 건너와 이곳 해변을 채운다니 이 솝우화에나 나올 이야기다.

그 이야기를 듣고 보니 폭이 현저히 줄어든 해변들이 보였다. 방파제에 두둑이 쌓아놓은 모래주머니 더미도 눈에 들어왔다. 와이키키의 작은 해변은 이미 없어져 호텔 식당을 통과해야만 지나갈 수 있는 곳도 있다. 해변이 사라지고 있다.

#13

지구 온난화로 해마다 해수면이 올라가고 그로 인한 해변 침식은 막을 수가 없다. 2050년에는 6미터가, 2100년에는 12미터가 사라질 거라고 전문가들은 예상하지만 더 빨라질 수도 있다. 해변을 지키려면 모래를 채워야 한다. 이쯤 되면 밑 빠진 독에 물을 붓는 심정이겠다.

해변 바닥에 모래로 만든 특수 매트리스를 깔 계획도 있다고 한다. 사라지는 속도를 늦추기 위해 갖가지 새로운 방법이 시도되고 있다.

해변에 드러누워 다리에 달라붙는 이 모래알들이 대

체 어디서 여기까지 오게 된 걸까 하고 상상하니 웃음이 났다. 태국일지도 모르고 중국일지도 모른다. 오스트레일리아에서 와이키키의 모래가 자신들의 모래라고 주장하는 사람들이 있다는 인터넷 뉴스 기사를 보았다. 누구의 모래면 어떠하리. 사람들이 환경을 지켜 조금이라도 더 오래 이 아름다운 해변을 누릴 수 있기를.

14

하와이 사람들이 자주 하는 손동작 중에 '샤카Shaka'라는 게 있다. 주먹을 쥔 상태에서 엄지와 새끼손가락만을 펴고 좌우로 흔드는 동작이다. 사진을 찍을 때나 인사할 때, 운전 중 양보나 감사 사인을 보낼 때도 하는 동작이다.

'샤카'는 근심 걱정을 잊고 느긋한 하루를 보내라는 인사를 포함한다. 그렇지 않아도 느긋한 곳이다. 여기서 더 느긋한 하루를 보내라니 대체 이들이 원하는 느긋함의 끝은 어느 정도인 걸까?

"지금 몇 시지? 뭐? 아직 11시도 안 됐어?" 슈퍼에서 계산대 직원이 내 쇼핑 품목의 바코드를 찍다 갑자기 옆 직원과 하는 대화 내용이다. 기다리는 사람이 너덧 명쯤 되는데도 하던 계산을 멈추고 옆 카운터 직원과 대화를 이어나

갔다. "그런데 벌써 배가 고프네. 이따가 잠깐 내 계산대 좀 맡아줄래? 오늘 약속이 있어서."

계산을 기다리던 사람들은 마치 서먹해진 옛 친구를 슈퍼에서 우연히 만난 것처럼 뜬금없는 대화를 시작했다. 날씨도 묻고 서로의 쇼핑 목록도 점검했다. 카운터 직원은 우리에게는 길지만 그녀에게는 순간이었을 사적인 대화를 끝낸 후에야 방긋 웃으며 계산을 마무리해주었다.

길게 늘어선 손님 중 누구 하나 화를 내거나 불평하지 않았다. 그저 서로를 바라보며 어색한 미소를 지을 뿐이다. 모든 게 몹시 느리다. 느긋한 포틀랜드에서 어느 정도는 단련하고 왔다고 생각했는데도, 따뜻해진 기온만큼이나 더 느려졌다. 하와이다.

#15

아파트 입구 현관문 유리가 깨져 금이 갔다. 아침에 나가면서 깨진 걸 보았는데 오후가 되니 현관 주변이 아예 봉쇄되었다. 당분간 옆문을 사용하라는 공지가 붙고 노란색 '주의' 테이프가 둘러졌다. 옆문을 쓰는 건 불편했지만 노란 테이프를 무시무시하게 두른 폼이 얼른 고치겠다 싶었다. 제아무리 느린 하와이라지만 관광객이 많은 동네 아파트다. 빠르게 조치하려고 일부러 더 험한 분위기를 연출했다고 생각했는데 그 모습 그대로 일주일을 넘겼다. 아무런 추가 공지도 없다. 연말이라 들락거리는 사람도 늘었는데 아무도 불평불만이 없었다. 현관은 없는 셈 치고 옆문 사용이 당연해졌을 즈음에야 깨진 문이 복구되었다. 하와이에선 유리문 하나를 가는 일에 삼 주 정도의 시간이 필요하단 걸 알게 되었다.

아파트 계약 전 집을 보러 왔을 때 이 건물은 공사중이었다. 오래된 아파트라 베란다 난간을 모두 새로 교체한다고 했다. 건물 전면부에 두 대의 공사용 도르래가 걸쳐 있어 외관상 지저분해 보였지만 집 안에선 아무 상관이 없었다. 위치도 좋고 가격도 적당했다. 건물 곳곳에 붙은 안내문을 보니 조만간 공사가 끝난다고 쓰여 있었다. 하지만 그 안내문의 날짜 역시 별 뜻 없는 숫자에 불과하다는 사실도 알게 되었다.

그 날짜대로라면 벌써 끝났어야 할 난간 공사는 여전히 진행중이고, 그런고로 늘 어디선가 드릴과 망치 소리가 들렸다. 늦은 아침 그들이 베란다 앞에서 흥얼거리는 노래 소리에 잠을 깬 적도, 담배 연기에 놀란 적도 있다.

어제 오전엔 집 앞을 통과하던 도르래 아저씨와 눈이

마주쳐 인사를 하며 공사가 언제 끝나는지를 물었다. 그는 갑작스런 내 질문에 "흠, 글쎄. 우리는 잘 몰라. 그런 건 건물 관리자에게 물어봐"라고 대답해줬다.

자기가 하고 있는 공사가 언제 끝이 나는지 따위는 아무 상관이 없다. 그냥 끝나는 순간까지 일을 하는 게 이곳 인부들의 기본자세다. 오전 9시쯤 작업을 시작해 오후 4시면 일을 끝내는데, 그사이 짬짬이 오르락내리락하며 먹기도 하고 쉬기도 한다. 대체 우리가 있는 동안 공사가 끝나긴 하는 걸까?

오늘은 인부들이 도르래를 이용해 오르락내리락하며 집 안을 들여다보다 사람을 구했다. 도르래를 타고 어느 집

이쁜아 오늘은 아저씨가 맛난 거 가져왔다!

어쩐지 요즘 통 밥 달긴 소릴 안 하더라!

냥~

※ 상상화

창을 지나가던 중에 거실에 쓰러진 노인을 보고 바로 응급차를 불렀다고 한다. 방치되었으면 생명을 잃었을지도 모를 독거노인을 그들이 구했다. 사람의 생명을 구한 건 정말로 다행이지만, 그렇다면 여태 남의 집을 그리 유심히 들여다보고 다녔다는 거잖아.

#16

온라인 쇼핑의 절대강자 아마존이라면 하와이에서도 천하무적일 줄 알았는데 섬은 어쩔 수가 없나 보다. 포틀랜드에선 빨리 배송된 적은 있어도 늦게 오는 일이 없던 아마존이 배송이 연기되어 죄송하다며 새 배송 날짜 메일을 보내왔다. 그 날짜에는 받을 거라 예상하고 기다리면 다시 미안하다는 메시지와 함께 새로운 배송 날짜를 준다. 미안하다는 말을 인사처럼 사용한다. 그래서 샤카 사인이 있는 걸까? 서로의 느긋한 하루를 빌어주지 않으면 답답해 쓰러질 수도 있겠다.

하지만 이런 느긋함 덕을 보기도 한다. 하와이로 이주할 때 포틀랜드에서 거래하던 '웰스파고Wells Fargo Bank'란 은행 계좌를 그대로 유지하고 들어왔었다. 같은 미국이고 구글 지도에도 웰스파고가 표시되어 있었기 때문이다. 와서 보니 이곳의 웰스파고는 대출이나 재정 상담만 하는 곳이었다. 하와이엔 오직 하와이 은행들만 존재한다. 몇 번이나 본토의 대형 은행이 하와이로 들어오려다 실패했다고 한다. 이곳에선 본토의 것이 힘을 못 쓰는 사업들이 있다. 로컬끼리 뭉친다.

덕분에 돈을 쓸 수가 없었다. 본토 은행에서 하와이 은행으로 전환하는 데 한도 액수가 작아 며칠에 걸쳐 나누어 모아야만 했다. 첫 달이라 집과 차, 보험료 등 큰돈을 쓸 일이 많았는데, 돈이 모자라 며칠 뒤에 주겠다는 불편한 메시지를 전해야만 했다. 그런데도 다들 나를 더 걱정하는 답 메일이 왔다. 집세를 낼 때도 차를 살 때도 다들 웃으며 계약을 기다려주었다.

나 느긋해졌지!

요즘 살 좀 쩠나 봐?

17

우쿨렐레를 사고 싶어 몇 군데 악기점을 둘러봤는데 종류가 너무 많다. 생김새는 비슷한데 크기별로 소프라노, 콘서트, 테너, 바리톤이 기본이고 사이사이 크기를 살짝 달리해 슈퍼 소프라노, 슈퍼 콘서트 같은 식이다. 크기에 따라 소리의 음역대가 다르고, 만듦새에 따라 그 소리의 품격과 가격이 다르다. 이만 원짜리 장난감 같은 우쿨렐레부터 천만 원대까지 차이가 상당하다. 먼저 대충 가격을 정하고 종류를 고르려니 소프라노는 소리가 가벼워 좋고, 바리톤은 묵직하고 우아한 소리를 내 좋다. 도무지 결정할 수가 없다.

한 악기점에 들러 고민을 말하니 주인이 웃는다. "너의 첫 우쿨렐레를 사고 싶다고? 세상에. 나라도 고민이겠다. 결정하기 힘든 게 당연하지. 그냥 매일매일 와서 아무거나 들고 쳐봐. 어느 날 이게 딱 나의 우쿨렐레다 하는 생각이 들 때가 있을 거야. 사는 건 그때 해도 돼. 내 고객 중에는 그렇게 매일 와서 치기만 하다가 가는 사람도 많아."

매일 와서 우쿨렐레를 치라니, 내가 그렇게 뻔뻔한 사람이 아니라 그럴 순 없었지만 그 덕에 많이 기웃거리고 고심했다. 유튜브YouTube로 소리도 비교하고 정보도 찾아보았다. 소프라노로 마음을 굳혔다. 처음이라면 분명히 안 골랐을 가장 작은 우쿨렐레다. 치면 칠수록 마음에 쏙 드는 맑고 밝은 소리가 났다. 서두르지 않고 느긋하게 기다릴 줄 아는 우쿨렐레 주인 덕이다.

영화 〈안경〉에 나온 팥 졸이는 비법이 생각났다. 팥을 맛있게 잘 졸이는 비법은, 서두르지 않는 것이라고. 맛있게 잘 사는 비법도 같다.

#18
연말이라고 식구들이랑 통화를 하다 내가 이렇게나 가족적인 사람이었나 하는 생각이 들었다. 시부모님과의 오랜 통화도 우리 엄마나 동생과의 살가운 통화도 서울에 살 적엔 한 번도 해보지 않은 일이다. 몸은 비록 멀지만 새삼 가족과 더 친해진 기분마저 든다.

늘 보고 살 때는 만나서 상처받곤 했다. 필요 이상으로 대화만 깊어져 마음이 상했는데, 멀리 있으니 조심스럽게 말을 건네고 늘 보고 싶다. 있을 때 잘하란 말은 그만큼 어

려워서 나온 말이구나. 이제 곧 2017년도 끝이다. 있을 때
잘하는 사람이고 싶다.

19

작년 가을, 서울 사는 동생이 수술을 했다. 하와이 이사를 결심하고 짐을 싸던 중에 듣게 된 소식은 충격이었다. 당장 얼굴을 보고 싶었지만 포틀랜드에서 서울은 너무 멀고 비쌌다. 내가 할 수 있는 일이라고는 기도뿐이었다. 늘 가겠다고 맘먹고는 한 번도 가지 않은 성당으로 달려갔다. 영어로 해 와 닿지도 않는 미사를 보는데 눈물이 멈추질 않았다. 살다 보면 언제나 주변의 누군가는 큰병에 걸렸다. 그것도 삶의 일부라고 생각하며 살았는데 막상 친동생이 큰병이라니 나는 흔들렸다. 기분 좋게 길을 걷다 모르는 사람에게 뺨을 한 대 얻어맞은 기분이었다. 황당하고 화가 났으며, 아프고 얼얼했다.

다행히 수술은 무사히 끝났다. 앞으로의 치료가 더 중요하긴 하지만 일단 수술이 잘 되었다니 안심이다. 보고는 싶었지만 내가 간다고 특별히 도움되는 일도 없었다. 낯선 곳에서 새 삶을 꾸리는 나도 정신이 없었다. 약이나 사 보내는 게 좋겠다 싶었다. 보기 싫기도 했다. 아무 일도 일어나지 않은 것처럼 살고 싶었다.

며칠 전 엄마가 그렇게 바쁘냐며 내 형편을 물어왔다. 엄마랑은 삼십 년도 넘게 이웃 동네 주민으로 가까이 살았다. 막상 큰일이 닥쳤는데 마음을 나눌 딸이 없으니 힘들었나 보다. 하와이에서 지낼 집도 구했고 자잘한 일 처리도 끝났다. 그래, 가자. 비행기 티켓을 예매했다. 짐을 싸다 보니 한국은 겨울이다. 유난히 춥다던데 두꺼운 겨울옷이 없다. 그나마 가진 겨울옷이라곤 얇은 초경량 오리털 점퍼 하나다. 가서 엄마 옷을 빌려 입고 한파를 버텨보기로 했다. 간만에 가는 서울인데 스타일 구기게 엄마 옷을 얻어 입고 다닐 나를 생각하니 웃음만 나왔다.

20

서울에 도착했는데 생각보다 춥지 않다. 바로 전날까지만 해도 영하 15도를 왔다 갔다 했다는데 거짓말처럼 따뜻한 날씨였다. 대신 어마어마한 미세먼지가 나를 반겼다. 하늘이 노래져 건물이 뿌옇게 보였다. 마스크를 안 쓰고 다닐 게 뻔한 내게 우일은 마스크를 쓰고 인증사진을 찍어 보내라고 신신당부했다. 인증사진을 찍자마자 마스크를 벗어 가방에 쑤셔 넣었다.

포틀랜드와 하와이에서 지내다 서울에 가니 모든 게 최첨단이다. 공항도 다 전자 시스템에 공항버스에는 와이파이까지 달려 있다. 달리는데 무료 통신이 가능하다. 버스에서 인증사진을 우일에게 전송하고 서울 엄마 집으로 갔다. 엄마와 동생은 만나자마자 내가 너무 까매져서 낯설다며 머리는 또 왜 그렇게 짧게 잘라 사나워 보이냐고 묻는데 몸이 괜히 따뜻해진다. 엄마 밥을 먹으니 마음까지 따뜻해덥다. 서울에서 내가 한 일은 아무것도 없다. 귀찮게만 했다. 내가 간만에 왔다고 모든 식구들이 모여 함께 밥을 먹어야 했고, 늦게까지 동생네 집에서 놀아 아픈 동생을 피곤하게 했다. 멀리서 온 딸이라며, 엄마는 나를 기다리느라 늦도록 잠도 잘 못 주무셨다. 그런데도 동생은 와줘서 고맙다고 웃었다. 엄마도 잘 왔다며 내 등을 쓸어줬다.

전화로 격려의 말을 하고 몸에 좋다는 약을 보내는 일
보다 만나서 수다나 떠는 일이 더 보람차고 뿌듯했다. 누군
가를 위해 절대적인 시간을 할애하는 일. 사랑을 전하는 가
장 확실한 방법이었구나.

#21

호놀룰루 공항에 도착해 집으로 가는데 길이 낯설다. 나는
정말 집에 도착한 걸까? 고양이와 우일이 있는 곳이니 나
는 집으로 돌아온 건가? 서울도 호놀룰루도 안정감이 없
다. 어디에도 집이 없으니 어디나 집이 될 수도 있겠다.

도착해 엄마와 통화를 하는데 서울 날씨가 다시 추워졌
다고 했다. 수도도 보일러도, 한강까지도 얼어버렸다고 했

다. 그런 추운 날인데 엄마는 인천에 있는 병원을 가야 했
다. 외삼촌이 큰병에 걸렸기 때문이다. 역시 서울에서는 언
제나 일이 생긴다. 찾아가봐야 할 사람도 많고 들러야 할
곳도 많다. 그런 엄마에게 힘들겠다고 하니 엄마가 웃는다.

"그래, 힘들고 귀찮지. 근데 왜 살아? 그러려고 사는 거지."

#22

하와이에 부모님이 살고 계신 친구가 있다. 친구는 뉴욕에
사는데 새해라 부모님을 뵈러 하와이에 왔다. 친구는 어머
님이 몸이 많이 불편해 점점 외출도 못 하시고, 사람도 만
나기 싫어하게 되었다며 걱정을 했다. 자식들이 모두 멀리
살아 더 신경이 쓰인다고 했다. 그 이야기를 듣다 내가 요
가 수업을 하면 어떨까 생각했다. 일주일에 한 번이라면 나
도 부담이 없었다. 집도 걸어갈 수 있는 거리다. 스트레칭
위주로만 할 예정이니 제발 하자며 떼를 썼다. 어차피 나야
떠날 사람이다. 점점 외출도 잘 안 하신다니 가끔 찾아가는
일은 노인에게 활력도 될 수 있다. 무엇보다 내가 가진 걸
누군가와 나누고 싶었다.

마음이 통했는지 허락이 떨어졌고 나는 매주 목요일에
시간을 정해 가게 되었다. 어머님은 내심 열심히 하시고 말

씀도 잘하셨다. 얼마 전 기분이 우울한 어느 목요일에 요가 수업을 했는데, 수업 후 수다를 떨다 기분이 나아졌다. 내가 치료받은 느낌이었다. 엄마 말대로다. 이러려고 사는 거다. 마음을 다해 시간을 할애할 누군가가 있기에 내가 살아갈 수 있는 거다.

#23

친구 어머님과 요가 수업 시간을 정하려고 전화했는데 간밤에 갑자기 응급실에 가셨다는 이야기를 들었다. 문병을 가보니 위급한 상황은 넘겼다며 웃음을 지어 보이신다. 아니 어떻게 알고 여기까지 왔냐며 오히려 내 걱정을 해주신다. 간호사가 내게 누구냐고 물었다. 가족이냐고 묻는데 난 가족은 아니었다. 우리 관계가 뭔지 잠시 머뭇거리다 친구라고 말했다. 그 순간, 진짜 친구로 보이는 한국인 할머니가 침대에 누워 있었다. 하와이에서 생긴 첫 번째 친구다.

#24

포틀랜드에서 호놀룰루로 이사를 오기 전, 우일은 중고 음반을 살 때마다 말했다. "하와이에 가면 이런 중고 음반은 꿈도 못 꿔. 마지막이라고 생각하고 좀 참아줘. 언제 이런 비닐vinyl을 이 가격에 사겠냐."

떨떠름하긴 했지만 참기로 했다. 중고 음반 모으는 게 인생의 낙인 우일이 얼마나 이런 음반 가게들을 동경했는지 잘 알고 있다. 포틀랜드는 유난히 중고 음반 가게가 많고 행사도 많았다. 그런 곳에서 나는 오랜 시간 공들여 산책을 했다. 그에게 LP 고를 시간을 최대한으로 주기 위해서였다. 하지만 늘 시간이 모자랐다. 우일은 다리가 저리고 허리가 아플 때까지 음반을 뒤졌다. 아마 몸만 버틸 수 있었다면 소장 음반이 더 늘어났을 거다. 하와이로 갈 이삿짐을 다 부친 후에도 아쉬워하며 포틀랜드의 음반 가게를 순회했다. 덕분에 호놀룰루로 이사 올 때 고양이와 여름옷 몇 벌 그리고 일을 위한 노트북과 LP 몇 장을 수화물로 들고 왔다. 음반은 혹시나 깨질까 봐 싸고 또 싸서 기내용 가방에 넣어 가져왔다.

호놀룰루의 이 집을 구해 처음 들어왔을 때, 아무것도 없는 텅 빈 집에 LP만 놓아두었다. 식기도 냄비도 식탁도 책상도 턴테이블도 없는 와인색 카펫 위에 정사각형 LP 몇 장만 놓여 있었다. 우일과 나와 고양이 카프카와 노트북 그리고 LP. 초현실주의 그림 같았다.

짐이 예정보다 늦게 도착해 한참이나 그렇게 지냈다. 턴테이블이 도착하기만 하면 챙겨 온 판들을 닳을 때까지 들으리라. 이제 새로운 중고 음반은 단연코 없으리라 생각했다.

태생이 도시인인 우린 바다와 태양만으로는 부족했다. 문화에 목이 말라 뒤져보니 도서관에서 묵은 책과 음반을 처리하는 행사도 있고, 중고 서적과 음반을 파는 가게도 몇

곳 보였다. 찾아가보니 내가 좋아하는 종류의 그림책은 많
지 않지만 일반 도서와 음반은 꽤 많았다.

　　그중 '아이디어스 뮤직 앤 북스Idea's Music and books'
란 곳이 물건이 다양했다. LP와 CD, DVD도 많고 나름 중
고 미술서적과 만화책, 동화책도 구비되어 있었다.

　　매달 마지막 토요일은 정기세일도 했다. 가게 밖 복도
에 내다놓은 상품은 일이 달러면 살 수 있고 매대 상품은
이삼십 퍼센트 싸게 구입할 수 있었다. 세 달째 꾸준히 들
러보니 순환 속도가 책에 비해 음반이 더 빨랐다. 카세트테
이프 비중도 꽤 컸다. 포틀랜드의 어느 곳보다 테이프가 많
았다. 심지어 포장도 뜯지 않은 새 테이프도 보였다. 아마

도 이 섬에 들어온 뒤 영원히 섬 안을 돌고 도는 물건들이
리라. 불길했다. 다시 음반이 느는 건 시간문제다.

#25

'아이디어스 뮤직 앤 북스'에는 당연히 하와이안 뮤직이 압
도적이지만 1960, 70년대 한국 음반들도 가끔 보인다. 하
와이의 이민 역사가 길어선가 보다. 우일은 재즈와 하와이
음반을 주로 구입하더니 이미자나 배호의 음반도 곁들이
기 시작했다. 하와이에서 듣는 흘러간 옛 가요라니 나름 풍
취가 있다고 생각하고 넘어갔더니, 언젠가부터 싸다는 평
계로 한국말이 쓰여 있는 판이라면 모조리 사들이기 시작
했다. '개구리와 두꺼비'의 〈상처 입은 사랑〉 '금방울 자매'
의 〈마도로스 키타〉(기타를 이렇게 표기했다), 〈가야금 산조〉에
〈한국 가곡 시리즈〉까지 차곡차곡 쌓이기 시작했다. 또다시
짐이 늘고 있다. 하와이에서는 단출한 모습으로 딱 일 년
만 살다 떠나자고 마음먹었는데 영 틀려먹었다. 음악의 취
향만 더 방대해지고 있다. 미니멀한 삶은 이번 생에는 오지
않을 모양이다.
    건너건너 아는 사람이 하와이에 놀러 왔는데 LP마니아
라며 이곳의 음반 가게를 추천해달라기에 우일에게 물었

다. 우일은 '아이디어스 뮤직 앤 북스'를 알려주라며 한마디 덧붙인다.

"지금 거기 한국 음반 코너에는 '김세레나'만 한 장 있을 거야. 그것만 내가 안 집어왔거든."

'김세레나' 님에게 미안한 건 내 몫이구나.

우일이 들여온 한국 가곡 음반을 듣다 그 판에 수록된 곡들을 내가 다 따라 부르고 있어 깜짝 놀랐다. 아빠 때문이다. 아빠는 자주 노래를 불렀다. 아빠는 어린 내게 잘 알지도 못하는 악보를 들이밀며 피아노로 연주해달라고 귀찮

게 굴었다. 엉성한 연주에도 아랑곳없이 〈옛 동산에 올라〉
〈보리밭〉〈봉선화〉〈고향생각〉을 눈까지 감고 심혈을 다해
노래했다. 우일이 사들고 온 그 판에는 젊었던 아빠의 애창
곡이 다 들어 있었다. 하도 들어 내 입에서 가사가 술술 따
라 나왔다. 벌써 삼십오 년도 넘은 일이다. 그 후 한 번도
듣지 않은 노래를, 아무렇지도 않게 따라 부르고 있다. 그
때는 몰랐다. 그날 이후 아빠의 사업은 틀어지고 병이 생겨
아빠가 일찍 돌아가실 거란 걸 알았다면, 그렇게 얼굴을 찡
그리며 반주하지는 않았을 텐데. 그 노래를 아빠보다 더 늙
은 나이에 하와이에서 듣게 될 줄 알았다면 그때 그리 짜증
내지는 않았을 텐데.

　　노래 몇 곡으로 오랫동안 꺼져 있던 마음 한쪽 깊은 방
의 스위치가 켜졌다. 시간여행을 다녀온 듯 어지러웠다. 매
달 마지막 토요일이 나도 기다려지기 시작했다.

#26

내 작은 방의 스위치를 켜고 보니 그의 수집이 조금은 달라
보인다. 우일도 내가 모르는 그만의 어릴 적이 그리워 옛
음반을 들이고 장난감을 사는 걸까? 짐이 또 이렇게 늘기
만 한다며 구박했는데 문득 그가 이해되었다. 따져보니 가

장 좋아했던 점을 살면서 가장 큰 결점으로 만들고 있었다. 그 결점이 내가 예전에 그를 사랑한 이유였는데 말이다.

"'이해'는 품이 드는 일이라, 자리에 누울 때 벗는 모자처럼 피곤하면 제일 먼저 집어던지게 돼 있거든." 김애란의 단편소설 〈가리는 손〉을 읽으며 적어둔 말이다. 부부 관계란 품이 드는 일이다. 그동안 피곤해서 집어던져버린 이해를 이제야 다시 집어 들고 있다.

나 어린 시절
안 그리운데?

27

추운 겨울을 보낸 뒤에 오는 찬란한 3월의 해가 그립다. 앙상한 가지에서 돋아나는 연두색의 파릇파릇한 새 잎이 보고 싶다. 계절의 변화가 확실하다는 건 참 드라마틱한 일이다. 3월이 되니 그 햇볕과 새싹으로 설레었던 감각이 기어 나온다.

팬히 마음만 싱숭생숭해 가족들에게 전화를 했다. 온라인으로 무료 국제전화를 할 수 있다니 새삼 달라진 세상에 고맙다. 예전에는 국제전화를 위해 그달 생활비 예산을 다시 짰다. 비싼 저녁을 사는 마음으로 외국에 사는 친구에게 전화를 걸기도 했다. 내가 걸었으니 술은 내가 산 거라고 생색을 내기도 했다. 삼십 분쯤 통화를 하면 구멍 난 튜브에서 바람이 빠지듯 내 목소리의 생기도 살살 새어나갔다. 그 달의 전화 고지서가 걱정됐기 때문이다.

이제는 와이키키 해변의 모래사장에 누워 있다가도 서울에 있는 엄마의 목소리를 무료로 들을 수 있다. 꼭 필요하지도 않은 '멸치 국수 다대기 맛있게 만드는 비법'을 야자수 잎을 세며 멍하니 듣기도 한다.

엄마가 쉽고 맛있다며 말해주는 비법은 간단한 게 하나도 없다. 재료는 서너 가지가 기본이고 잘게 다지고 바글바글 끓여야만 한다. 그냥 엄마 집으로 가 이미 조리된 다대

←반가운 표정

은서

기를 냉큼 들고 오고 싶은데, 거리가 멀다.

얼마 전 은서와 영상통화를 하다 문득, "아, 만지고 싶어"란 말이 튀어나왔다. 보고 있는 데도 보고 싶다. 보고 있으니 보고 싶다고 말할 수 없어 그저 튀어나온 말이었다. 손을 잡고 숨결을 느끼고 싶었다. 연애소설에나 나올 법한 문구가 아무렇지도 않게 내 입에서 튀어나왔다.

아무리 자주 전화로 목소리를 듣고 영상통화로 얼굴을 봐도, 같은 나라 같은 장소가 아니라는 사실은 사람 마음을 참 헛헛하게 만들었다. 통화를 하다가도 문득문득 닿을 수 없는 멀고 먼 그 물리적인 거리를 실감했다. 마치 산꼭

대기에 올라 희미하게 들리는 목소리와 대화하는 기분이랄
까. 저 너머 어딘가에서 들리는 은서의 목소리가 혹시 그저
메아리는 아닌지 문득 헷갈릴 때도 있다.

#28
_____

　사람들 사이에 섬이 있다.
　그 섬에 가고 싶다.

　섬 생활 때문인지 봄기운 때문인지 정현종의 〈섬〉이란
시가 자꾸 맴돈다. 친구들이 보고 싶다. SNS를 통해 친구들
이 게시한 사진과 생각을 읽고 나면 그들과 잠깐 수다를 떤
기분이다.
　거리를 두고 SNS로만 들여다보니 그동안 달라진 친구
들의 관계가 보인다. 서로 틀어져서 사이가 소원해지거나
아예 연락을 끊은 관계도 보인다. 부딪치고 싸우고 그래서
섭섭한 모양이다. 언제나 그렇듯 각각의 사연이 있고 각자
꼭 그래야만 할 정당하고 합당한 이유도 있다.
　이럴 땐 참 난처하다. 이쪽 말을 들으면 이 말에 수긍하
다가도 저쪽 얘기를 들으면 그 말도 납득이 된다.

나는 누군가를 선택해야 하는 걸까? 애매모호한 사람처럼 보여질까 두렵다. 누구도 내 입장을 따지고 묻지 않는데 사십 년을 넘게 기억해왔던 봄기운이 자꾸 내게 그런 질문을 한다. EBS 〈인문학 특강〉 중 최진석의 '노자' 강의를 듣다가, 내 고민을 알고서 조언하는 듯한 대목이 나와 받아적었다.

"경계에 있을 때는 두렵다. 모호하고 불안하다. 이 불안과 모호함을 분명히 하는 것이 아니라 견디고 받아들여라. 너를 가두고 있는 '우리'에서 탈출해 너 자신으로 돌아가라. 그 우리는 널 가두는 우리다."

새벽 2시가 넘었는데도 불자동차의 사이렌이 울려 퍼

지는 시끄러운 호놀룰루의 밤이다. '우리'에서 멀어진 삶을
살아보겠다고 떠돌다 여기까지 왔다. 이제는 경계의 불안
함을 받아들여야 할 시간이다. 모호함을 견디는 일이 내 몫
이다. 인생은 언제나 선택이라고만 생각해왔는데, 그저 견
디라니. 좋은 조언이다.

#29

하와이에 도착하자마자 월마트에서 튜브 대신 싸구려 보디
보드bodyboard(수영장에서 쓰는 통칭 '킥판'처럼 생겼다)를 하나
샀다. 시간이 날 때마다 바다에 들고 나가 그 위에 배를 깔
고 물 위에 둥둥 떠 있기 위해서였다.

　바다에서 다양한 보드를 이용해 파도타기를 즐기는 사
람을 보면 언제나 부럽다. 하와이에서 지내고 있으니 뭐라
도 한 번은 꼭 배워보고 싶지만, 당장은 아니다. 아직 날도
춥고 제대로 된 보드도 없다.

　올해는 유난히 하와이 기온이 이상하다고 사람들이 입
을 모은다. 그 어떤 해보다 춥고 비도 많이 온다고 투덜댄
다. 우리야 잠깐 머물다 가는 처지라 다른 해와 비교할 수
는 없지만, 하와이가 일 년 내내 해가 좋은 곳은 아니라는
사실을 알게 되었다. 미묘한 사계절이 있다. 물속에 들어가

뭔가를 배우기에는 아직 춥다. 잠깐 들른 여행이 아니니 느긋하게 더 따뜻해지기를 기다리자. 인터넷과 동네 서핑 가게들을 둘러보며 적당한 가격대의 서핑보드를 찾고 있으니 곧 제대로 탈 예정이다. 제대로 된 보드만 사면 열심히 연습해 파도를 타리라. 일단은 몸을 물에 적응하는 기간이다. 애벌빨래를 하는 마음으로, 바다에 두둥실 떠 있는 나

날을 즐기기로 했다.

　싸구려 보디보드로 일주일째 바다 위에 두둥실 떠 있었는데 오늘은 우일의 배에 그 보디보드 로고가 찍혔다. 상판이 햇볕에 녹아 로고를 새긴 잉크가 배에 묻은 것이다. 역시 싸구려라 인쇄가 엉터리다. 우리와 같은 보디보드를 들고 오는 커플을 봤다. 그들도 곧 보드 로고가 배에 찍힐 것이다. 하지만 뭐 상관이랴. 바다에 그냥 떠 있기만 해도 좋

은 곳이다.

　아무것도 없이 맨몸으로 그저 물 위에 둥실거리며 떠 있으면 우주를 유영하는 기분이 든다. 지금은 서핑 구경만으로도 충분하다. 서핑을 '신포도 아래 선 여우'의 심정으로 바라보고 있다. 아직은 아니다.

#30
_____

퀸스 해변 모래사장에 앉아 석양을 기다리며 파도 타는 아이들을 구경했다. 퀸스는 다이아몬드 헤드Diamond Head가

한눈에 보이는 한적한 해변이다. 와이키키처럼 다닥다닥 붙은 호텔 건물들에 둘러싸여 있지도 않다. 산책하기 좋은 곳이다. 모래사장도 넓고 공원도 넓다. 천막을 치고 바비큐도 할 수 있어 현지 주민들이 애용하는 해변이다.

퀸스 해변에는 와이키키 월Wall이라는 작은 둑과 방파제가 있다. 둑 때문에 높은 파도가 생기는데, 그래서 아이들이 놀이터로 좋아하는 곳이기도 하다. 아이들이 둑 위에서 아슬아슬하게 다이빙하는 모습, 보디보드를 타는 모습은 묘기에 가깝다. 보드를 신체의 일부처럼 자유자재로 이용해 파도를 탄다. 바다를 즐기는 아이들을 보고 있으면 재미있는 유튜브 동영상을 시청하는 기분이다. 까매진 아이들이 태양 아래 반짝거린다.

"햐, 쟤네 진짜 재미나겠다."

"우리도 탈 수 있지 않을까?"

"탈 수 있어. 내일 보드랑 오리발 가지고 와서 타보자."

보디보드는 서핑보드에 비해 소박하고 간단해 보였다. 저렇게 신나게 파도를 탈 수 있다니 한번 해보자 싶었다.

#31
___
십여 년 전부터 가지고 있는 보디보드와 오리발이 있다.

첫 하와이 여행을 왔을 때, 우일이 왠지 탈 수 있겠다며 사
기에 나도 따라 구입했었다. 사긴 했지만, 파도를 꼭 타야
겠다는 각오는 없었다. 그냥 어린 은서와 함께 튜브 대신으
로 물에 떠 있을 생각이었다. 실내 수영장 킥판의 바다 버
전쯤으로 여겼다.

그때 파도를 타겠다며 보드를 들고 나가 시도하는 우일
은, 재미는커녕 힘들게만 보였다. 일단 한 번도 제대로 타
는 걸 본 적이 없었다. 바다에 들어갔다가 짠물만 뒤집어쓰
고 눈이 뻘게져서 뭍으로 기어 올라왔다. 산호초에 걸려 수
영복 엉덩이 부분이 찢긴 채 나온 적도 있었다. 파도를 타
려다 고꾸라지는 것만 여러 번 목격했다. 보드와 함께 파도

돌이켜 생각해보면 상당히 위험한 곳이었다 ㅠㅠ

에 휩쓸려 허우적대는 우일이 안쓰럽기만 했다. 그게 십여
년 전의 보디보드에 대한 기억이다.

그 후 가족들과 함께 제주도에 갔을 때도 우일은 그 보
디보드를 타겠다며 오리발을 신고 비 내리는 바다로 들어
갔다. 그때 어머니가 발을 동동 구르며 우일을 불렀던 기억
이 난다. 파도에 휩쓸리기만 하는 아들이 걱정되고 염려되
었기 때문이다. 보디보드를 타고자 하는 우일은 힘들고 고
생스러워 보였다. 전혀 즐거워 보이지 않았다. 다치지 않
기만을 바라던 십 년 전 제주도 여행이 생각난다. 그 후, 그
보디보드는 우리 집 지하실로 들어가 햇빛 한번 보지 못하
고 처박혀 있었다.

올 1월 동생과 엄마를 보러 혼자 서울에 갔을 때, 우리
집 지하실 어딘가에서 세상모르고 누워 있을 그 보디보드
생각이 났다. 지하실에 가 꺼내보니 새것같이 깨끗했다. 하
와이에 도착하자마자 산 싸구려 월마트 보디보드와는 비
교할 수 없을 정도로 좋아 보였다. 여기로 들고 왔다. 우리
에겐 진짜 보디보드와 오리발이 있다. 준비 완료다. 바다로
가서 타기만 하면 된다.

2018. 4.

32

십여 년 동안 서울 지하실에 처박혀 있던 보디보드와 오리발을 들고 퀸스 해변으로 갔다. 미리 보디보드 타는 법을 검색해봤는데 별게 없다. 파도가 밀려오면 오리발을 이용해 세차게 발차기를 하고, 양손은 노를 젓듯 패들링을 하면 된다. 보드를 붙잡기만 하면 파도를 탈 수 있으리라. 파도가 밀려오다 부서지기 전, 막 높아지기 시작할 때가 몸을 움직여야 할 순간이다. 서핑처럼 보드 위에 엎드려 있다 일어서는 게 아니라 그냥 엎드린 채 보드를 잘 붙들고만 있으면 된다. 우일은 해본 적이 있다며 패들링하는 법과 발차기하는 법을 가르치려 하지만 어차피 둘 다 초보다. 각종 동영상에서 본 대로 파도가 오면 엎드린 채로 보드를 잘 잡고 발차기를 해보기로 했다. 아이도 노인도 아무렇지 않게 잘들 타니 파도가 오기만 하면 된다.

하지만 마음처럼 쉽게 나아가지가 않는다. 파도가 올 때마다 세차게 발차기를 했지만 파도에 올라타기가 쉽지 않다. 파도가 다시 오고 더욱 더 세차게 패들링을 해도, 역시 전혀 탈 수가 없다. 파도를 잡는 건 바람을 잡는 느낌이다. 파도가 나를 그냥 지나갈 뿐이다.

한참 파도 앞에서 손과 발을 마구 움직이다 우연히 파도를 탔다. 허우적대다 미끄러지듯 파도를 탔다. 내가, 우

리가 파도를 탔다. 어떤 동작으로 어떤 파도를 탔는지, 어떻게 내가 파도 위에 있었는지는 기억이 나지 않는다. 멋도 모르고 그냥 탔다. 소 뒷걸음질하다 쥐 잡은 격이다. 파도 위를 미끄러지는 짜릿한 기분만 생생하다. 난생처음 파도를 탔다. 처음 자전거를 혼자서 타게 된 그날처럼 흥분되었다. 이렇게 파도를, 내일도 탈 수 있는 걸까?

#33

서핑을 하는 사람들이 하는 말이 있다.

"바다에 나간 만큼 타는 거야. 시간을 투자해야만 할 수 있는 일이지."

패들링과 발차기를 하느라 팔다리의 안 쓰던 근육을 움직였는지 여기저기 쑤시고 아프다. 그런데도 보드를 챙겨 들고 바다에 나갈 채비를 한다. 제대로 파도를 타고 싶다. 저절로 타지는 게 아니니 연습이 필요하다. 드디어 바다로 뛰어드니 언제 어디가 아팠는지 기억도 나지 않는다. 오늘은 파도도 좋다. 허우적거리며 보디보드를 연습하니 하와이 아저씨가 말을 건다.

"일본 사람이니?"

"아니, 한국 사람."

"한국 사람? 아, 반가워! 나도 반은 한국인이야. 할머니가 한국 사람이거든. 예전에 김치 가게를 하셨지. 지금은 돌아가셨지만" 하고는 갑자기 "안녕하세요!"란 한국어 인사를 건넨다. 그의 이름은 하비다. 그는 계속해서 파도를 놓치는 내

게 팔을 쭉 뻗어 보드를 잡으라며 파도를 타야 할 순간, 타는 위치를 조언해준다. 그가 말한 대로 손을 바꾸고, 그가 말한 타이밍에 발차기를 해보았다. 그래도 못 올라타니 하비가 옆에서 내 팔을 잡아 파도로 밀어 보내며 외친다.

"지금이야! 발차기!"

그가 살짝 나를 파도로 밀어주었을 뿐인데, 내가 파도 위를 미끄러지고 있다. 어제와는 완전히 다른 파도다. 어제보다 훨씬 더 쉽고 길게 탔다.

날치가 이런 기분일까? 수면 위를 통통거리며 날아간다. 하비가 살짝 밀어준 보드를 파도가 이어받듯 들이친다. 그리고 다시 나를 해변 쪽으로 옮겨준다. 파도가 날 데리고 놀아주는 기분이다.

하비, 그는 은퇴한 소방관으로 자칭 보디보드 '공짜' 선생님이다. 보디보드를 타고 싶어하는 모든 초보자 관광객에게 보드 타는 법을 알려주고 싶어한다. 아이나 어른, 노인이나 심지어 오리발이 없는 사람에게까지(보디보드는 서핑과는 달리 오리발이 필요하다) 파도의 짜릿함을 알려주며 기뻐한다. 해변의 수호신처럼 항상 주변을 둘러보고 파도를 못 타는 사람들에게 마음을 쓴다.

한번은 하비가 다가와 일본말 좀 하냐고 물었다. 일본

말은 '아리가토(고마워)'만 안다니 그가 실망하며 말했다.

"저 일본 꼬마에게 계속 거북이 위치를 말해주는데, 영어를 전혀 못 알아들어서."

하비의 말에 나도 거북이를 보았다. 신기하게도 그러고 난 뒤부터는 자주 보인다. 바다거북이 가끔 머리를 내밀어 숨을 쉬는 것도 보이고, 내 옆에서 같이 파도 타는 것도 보인다. 보이기 시작하니 오리발을 거북이로 착각하기도 했다. 그렇게 자주 보인다. 나는 그동안 얼마나 많은 시간을 바다거북과 함께인 줄도 모르고 이 바다에 떠 있었던 걸까.

하비에게 바다의 수호신 같다고 하니, 싫다며 고개를 절레절레 흔든다. 신은 할 일이 너무 많다며 그냥 선생님이 좋단다. 언젠가는 공짜 파도타기 학교를 만들고 싶다는 하비.

육십이 훌쩍 넘은 하비는 한번 바다에 들어오면 세 시간이 넘어도 뭍으로 안 올라가는 파도 사나이다. 파도가 궁금하면 언제든지 연락하라며 이메일을 알려주는 친절한 아저씨다.

거북이!

어디- 어디-

← 언제나 늦음

하비에게 감사 메일을 보냈더니, 답 메일로 해파리 출현 캘린더와 조수 캘린더를 보내왔다. 해파리가 있는 날에는 절대로 바다에 나오지 말라는 신신당부도 적혀 있다. 조수가 낮을 땐 산호초를 조심해야 한다며 무릎 보호대를 권유하고, 조수가 0.5피트(1피트는 30.48센티미터) 이하로 떨어지면 되도록 바다에 나오지 말라는 조언도 잊지 않는다. 이 섬에서 소방대원으로 살면서 위험한 사건사고를 많이 목격했기 때문일까. 그는 전직 소방대원답게 늘 안전을 최우선으로 여긴다. 안전제일주의자 하비다.

파도는 조수와 바람의 세기, 날씨의 모든 요소가 다 관계된 일이라 매일매일 시시각각 다르다. 같은 바다라도 어떤 날은 바다에 장판이 깔린 것처럼 평평하기도 하고, 어떤 날은 내 키를 훌쩍 넘는 거대한 파도가 몰려오기도 한다. 하와이 파도 정보 앱을 깔고 파도가 좋다는 날에 나가도 예상과는 달라 쉽지 않다. 무조건 바다에 많이 나가야만 한다. 경험이 필요하다. 엄마가 늘 하던 말이 있다. 반복이 요령이다. 계속 반복을 하는 수밖에.

요즘 열심히 보디보드를 탔더니, 어느 나라 사람인지 모를 정도로 까매졌다. 가끔 서로를 바라보다 상대방의 그을린 얼굴에 화들짝 놀랄 때도 있다. 더 까매지긴 싫지만 며칠만 바다에 안 나가도 파도가 그립다. 언젠가 타게 될 큰 파도를 상상만 해도 짜릿하다. 이제 서핑은 시도하고 싶은 마음조차 없다. 보디보드나 잘 타고 싶다.

까매진 몸을 거울에 비춰보니 좀 달라 보였다. 탄탄해 보인다. 어깨도 벌어진 것 같고 뱃살도 좀 빠진 것 같다. 매일 파도타기로 힘이 들어서 더 양껏 먹고 양 조절도 안 했는데 보디보드가 다이어트 효과도 있는 건가? 하고 몸무게를 재어보니, 아니다. 오히려 몸무게는 늘었다. 자세히 이곳저곳 살펴보니 역시나 살이 빠지진 않았다. 볼록했던 배가 전체적으로 더 두둑해졌고, 팔뚝 살도 출렁거린다. 초콜릿색 스타킹을 신으면 다리가 더 날씬해 보이는 것처럼 일종의 착시다. 피부색이 어두워져서 그래 보이는 거다. 전체적으로 어두워지니 몸이 좀 좋아 보인다. 나쁘지 않다. 아니 좋다.

며칠 전 갑자기 어머니가 전화를 하시더니, 느닷없이 레몬 타령을 하셨다. 생 레몬을 짜 레몬에이드를 만들어 마

신 후, 레몬 껍질은 얼굴에 문지르라고 당부하셨다. 레몬 껍질은 버리지 말고 꼭 피부에 바르라며 좀 과하다 싶게 레몬 이야기만 늘어놓으셨다. 건성으로 대답하니 한 말씀 덧붙이신다.

"사진 속 너희 좀 안돼 보이더라. 까맣고 불쌍해 보여."

둘 다 까매도 너무 까매지긴 했다. 사람이 좀 어두워 보인다. 이와 손바닥, 발바닥 그리고 귓속만 하얗다. 옷을 홀딱 벗어도 수영복 자국이 너무 선명해 뭔가를 입고 있는 것만 같다. 나는 이 상태가 만족스러웠다. 멋지다고도 생각했다. 하지만 어머니 눈에는 불쌍해 보였다. 역시 남들 의견도 들어봐야 한다. 멋있고 안 멋있고는, 불쌍하고 안 불쌍하고와는 차원이 다르지 않나. 역시 보고 싶은 것만 본 거다. 레몬을 사기로 했다.

#36
___

날씨가 요즘 영 별로라 며칠 바다에 나가지 못했다. 이상기온으로 전세계의 날씨가 뒤죽박죽 이상하다더니 하와이도 예외가 아니다. 어마어마한 장대비에 천둥까지 치더니 다음 날 집 뒤에 있는 운하가 흙탕물이 되었다. 운하가 흙탕물일 때는 바다에 나가지 않는 게 좋다. 운하가 그렇다면 바닷물도 마찬가지다. 육지의 온갖 더러운 것이 바다에 뒤섞인다. 이렇게 더럽고 뿌연 바다를 상어가 좋아한다는 말도 들었다. 보디보드를 언제부터 탔다고, 며칠 바다에 못 나가니 무척이나 심심했다.

래시가드와 보디보드용 오리발을 구입했다. 해를 가리는 물놀이용 모자와 오리발을 고정시키는 스트립도 인터넷 쇼핑몰에서 구입했다. 그게 있어야 세차게 오리발을 흔들어도 잃어버릴 염려가 없다. 래시가드와 모자까지 있으니 오랫동안 파도를 기다려도 볕에 따갑지 않을 예정이다. 키가 커서인지 자주 산호초에 무릎이 까지는 우일은 무릎 보호대도 구입했다.

바다를 쉬는 동안 보드용 가방도 만들었다. 보디보드를 타기 좋은 퀸스 해변까지는 집에서 이십 분 정도 걸어가야 했다. 보드를 계속 옆구리에 끼고 가자니 팔이 아팠다. 장 깊이 처박혀 있던 캔버스 천을 꺼내 보드 운반용 가방을 두 개 만들었다. 주머니도 달고 그림까지 그려 넣었다. 발가락에 물집이 잡혀 오리발용 양말도 구입했다. 어째 좀 복잡해지고 있다. 바다에 못 가니 괜히 보조용품만 늘리고 있다. 이제 날이 좋아질 때도 되지 않았냐며 애꿏은 날씨 탓만 하고 있다.

현경이가 만든 보드 가방

이렇게 보드를 넣는다

나름 인기가 있었다고 믿거나 말거나

파도를 타는 일은 여전히 쉽지가 않다. 파도 앱에선 상태가 괜찮다 했는데 막상 바다에선 간간히 찔끔거리는 파도가 오기도 하고, 뒤죽박죽 알 수 없는 파도가 오기도 한다. 파도를 타는 시간보다 기다리는 시간이 더 길다. 하지만 며칠 날씨가 안 좋아 파도타기만을 고대하다 나왔더니 바다에 떠 있는 것만으로도 좋다.

하늘과 바다가 맞닿아 있는 먼 곳을 바라보며 파도가 올 만한 곳으로 가 자리를 잡고 기다린다. 하늘과 바다뿐인 망망대해 한가운데에서 파도를 기다리며 둥실 떠 있다. 저 멀리에서 일렁이는 파도를 보며 파도를 골라본다. 저 정도면 될까? 더 기다려볼까? 저기 저 정도면 괜찮은 거 아닐까? 시장에서 배추나 사과를 고르는 심정으로 파도를 고른다. 마트에서 과일 모양을 보고 들었다 놨다 하듯이. 햇빛에 반짝이며 저 멀리서 밀려오는 파도의 미묘한 곡선을 보며 미리부터 탈까 말까를 결정한다. 어떤 게 더 맛있을지 재며 들었다 놨다 할 때의 기분과 다르지 않다. 세상에 파도를 고르다니. 벅차다. 영광이다. 태어나 처음 가져보는 느낌이다. 파도를 기다리며 파도를 고르는 시간. 길어도 좋다.

#38

좋은 파도를 타려면 수많은 파도를 뚫고 바다 한가운데로 들어가야만 한다. 들어가면 적당한 곳에서 파도를 기다린다. 파도가 꺾여 하얗게 부서지기 바로 전이 가장 좋으니 들어가기 전, 해변에서 충분히 위치를 확인한다. 먼저 타고 있던 사람들이 대부분 좋은 자리를 차지하고 있으니 눈치껏 그 언저리에 자리를 잡고 파도를 기다린다. 하지만 파도를 잡아타는 건 쉬운 일이 아니다. 여전히 파도를 고르는 일이 제일 어렵다.

하비는 멀리서 오는 파도의 굴곡을 보라고 했다. 내 자리에서 보기에 파도가 제일 높은 포물선을 그리며 몰려올 때 그게 바로 내 파도라는데, 아직 감이 없다. 내가 막 타려고 보드를 바로 잡고 발차기를 시작하면 멀리 있던 하비가 외친다. "노 굿 써니! 노 굿!" 이번 파도는 척 봐도 아닌데 괜히 헛발질하는 내가 하비 눈에 들어온 거다.

포인트였던 곳을 확인하고 기다리면 다시 파도가 온다. 한 번 왔던 곳이니 또 온다. 더 잘 오는 자리도 있고, 가끔 오는 자리도 있지만 왔던 곳엔 반드시 다시 온다.

초보라 아직 정확한 포인트는 모르지만 나는 파도를 기다리는 편이다. 괜히 파도를 따라 왔다 갔다 기웃거리다 내 포인트에 오는 파도도 놓쳤다. 한곳에 자리를 잡고 느긋하게 기다리면 어김없이 파도는 다시 내게로 왔다. 배신이 없다. 믿음이 있는 기다림이다. 참고 기다리는 일. 그게 파도를 타는 일이다.

하늘과 맞닿은 바다 한가운데 떠 수평선 너머에서 달려오는 파도를 기다린다. 파도가 오면 뒤도 보지 않고 패들링과 발차기를 세차게 할 것이다. 보드를 최대한 평평하게 파도에 대고 미끄러지듯 파도를 타면 된다. 파도에 올라타기만 하면 바다 위를 미끄러져 날아갈 것이다. 아이처럼 설레었다. 얼마나 신날지 알기에 두근대는 가슴으로 파도를 기다렸다.

바다 한가운데 떠 파도를 기다리는 시간. 그 시간은 모
든 것이 완벽하다.

#39
어릴 적 놀이터에서 전혀 모르는 아이와 놀다가 헤어진
적이 있다. 같이 미끄럼틀을 타고 뺑뺑이도 타며 깔깔댔
다. 서로 엄마를 하겠다고 다투다 토끼풀을 뜯어 나물을 무
치고, 빨간 벽돌을 부숴 고춧가루를 만들었다. 이름도 모르
는 아이와 한참을 놀다가 뒤도 안 보고 헤어졌다.

바다는 그때 그 놀이터 같다. 바다에서 만나면 보드를
타는 사람끼리 눈인사를 하게 된다. 하비처럼 가르치고 싶
은 사람은 가르치고 배우고 싶은 사람은 배우기도 한다. 처
음 만난 사이여도 같이 파도를 타고 나면 한껏 신이 나 하
이파이브를 하기도 한다. 한번은 어떤 아줌마가 멋지게 파
도를 타 물개 박수를 쳤더니, 내가 탈 때마다 그녀가 손을
흔들며 샤카 사인을 날려주었다. 유난히 파도가 안 오는 지
루한 날엔 한 꼬마의 파도 중개방송을 들었다.

"네, 파도가 옵니다. 작습니다. 저건 너무 아니죠. 그냥

보내야겠네요. 네, 그 뒤에 또 오는 파도가 보이긴 하지만 역시 작군요. 다음 파도는 좋을까요? 네, 저기 지금 오는 파도 뒤로 큰 게 보입니다. 보이죠? 아아, 그렇지만 다시 작아지네요. 아마도 한참은 이렇게 안 올 것만 같습니다. 어, 어 그런데, 저기 뒤! 와아! 지금입니다! 바로 지금! 킥을 하세요! 킥킥!"

전혀 몰랐던 사람이고 앞으로도 다시는 못 만날 사람이 겠지만 함께 신나게 파도를 나눠 타고 있다.

40

몸 여기저기가 쑤신다. 근육들이 놀란 모양이다. 비도 올 예정이니 이참에 좀 쉬어야겠다고 생각하는 참에 하비가 내일 파도가 좋을 거라며 꼭 나오라고 당부한다.

"내일 비 온다던데 괜찮을까?"

"무슨 상관이야. 어차피 젖는데?"라며 아이처럼 웃었다.

우리도 내일 나가보자고 하니, 우일이 반지를 빼고 나가자고 했다. 비 때문에 벼락이 칠 수도 있으니 모든 금속은 빼고 타자는 거다. 역시 늘 최악의 사례를 생각해내는 우일이다. 내가 여태 별 사고 없이 정상적인 삶을 살 수 있는 건 다 우일 덕이라고 친구들이 말한 적이 있다. 우일의 잔소리가 없었다면 나는 노숙자가 되었거나 술 마시다 객사했을 거라고 했다. 내가 사리분별이 좀 흐리다는 거다. 동의한다. 감사하며 살고 있다. 하지만 잔소리가 심하다. 학생주임 선생님과 노는 기분이 들 때가 있다.

반지를 빼니 손등이 얼마나 까매진 건지 둘 다 손가락에 반지 자국이 선명하게 새겨져 있다. 넷째 손가락의 반지 아래 살이 반지를 낀 듯 하얗다. 니들이 이제야 해를 보는구나.

#41

전부터 바다에서 몇 번 봤던 여인이 웃으며 샤카 사인을 보낸다. 연세가 지긋해 보이는데 열심히 보디보드를 연습하는 아주머니다. 나도 샤카 사인을 보내니 내 쪽으로 다가와 여기가 제대로 된 파도 포인트가 맞느냐고 묻는다. 나도 초보라 잘 모른다며 하비를 소개해주었다. 하비가 자신을 코리안 하와이안이라 소개하니, 필리핀에서 왔다는 그녀가 '감사합니다'를 외친다. 역시 하비는 간단하게 그녀를 파도에 들려 보내준다. 처음으로 긴 파도를 타고 온 그녀는 다시 '감사합니다!'를 외친다. 그녀의 이름은 '로즈'.

한국어 '감사합니다'가 여기저기서 울려 퍼지는 퀸스 바다 한가운데에서 우리는 파도를 기다리고 있다.

이제 파도를 조금은 알 것도 같다. 파도 포인트를 잡는 위치와 타이밍에 감이 좀 생겼다. 파도는 올 때 한꺼번에 세트로 휘몰아치기에 그중 적당한 하나를 골라서 타야 한다. 멋도 모르고 첫 번째 파도를 타고 나갔다가, 들어올 때 보이는 두 번째 파도가 더 깔끔하고 좋았던 적이 한 두 번이 아니었다. 좀 참았다가 둘째, 셋째 파도를 탔어야 한다며 보드를 손바닥으로 내리치는 나 자신을 보며 놀라기도 했다. 잘 골라서 타야 한다. 이거다 싶을 때(그걸 알기가 정말 어렵지만) 타야 한다. 많이 탈수록 감도 좋아지겠지.

파도를 타다 보면 엄청난 파도의 힘에 저절로 왜소함을 느낀다. 이 많은 사람들을 다 함께 들었다 났다 하는 파도에게서 거대한 힘을 느낀다. 그리고 겸허해진다. 바다에게 잘 보이고 싶어진다. 바다에게 슬쩍 고마움과 함께 인사를 건네게 된다.

42

바다에서 파도를 기다리다 보면 보이지 않는 길을 찾고 있는 기분이다. 보이는 길은 없지만 찾는다면 그 길을 갈 수 있다. 어디든 길이 될 수 있다.

바다에서 놀고 있으면 아이가 된다. 제대로 잘 타지도 못하면서 무조건 타고 싶다. 타겠다는 그 마음 하나로 또 물을 먹으며 바다 가운데로 들어가 파도를 기다린다. 가슴이 두근거린다. 어쩌다 엉겁결에 기적처럼 큰 파도를 타기도 한다. 순식간에 영문도 모른 채 커다란 파도를 타고 있다. 저절로 탄성이 나온다. "꺄악!" 소리를 지르다 내가 내 소리에 놀라기도 한다. 어쩌다 보니 이 섬에선 몸을 쓰고 있다. 며칠 전에는 훌라댄스 강습도 등록했고 요가도 시작했다. 활동적인 하와이 생활이다. 밤마다 온몸이 쑤셔 파스를 바르며 내가 언제부터 이리 몸을 쓰고 살았나 싶지만, 지금이 내게 주

꺄악~

부러워...

어진 '때'일지도 몰라 더 열심히 몸을 쓰고 있다.

"모든 변화에 기쁘게 반응하세요. 결국엔 모든 게 다 괜찮아질 거예요. 그렇지 않다면 아직 때가 아닌 거죠." 영화 〈베스트 엑조틱 메리골드 호텔The Best Exotic Marigold Hotel〉에서 나온 대사가 생각난다.

#43
_____

가끔 몸이 너무 추워 바다에서 나올 때가 있다. 4월 말인데도 물에 오래 있으면 추워서 몸이 부르르 떨린다. 좀 더 편한 바다 생활과 겨울 바다를 대비해 파도타기용 웜슈트warm suit를 구입하기로 했다. 슈트는 몸이 간신히 들어가기만 하면 된다며, 가장 타이트한 제품을 권하는 매장 직원의 말에 정말 꽉 끼는 것으로 입어보니, 숨 쉬기도 불편했다. 서핑을 한다는 그 직원은 약간만 헐렁해도 물속에선 그 공간이 크게 느껴진다며 좀 답답해도 바다에선 괜찮을 거라고 귀띔했다. 직원의 말을 믿어보기로 했다.

웜슈트를 산 기념으로 파도가 높은 할레이바Haleiwa에 갔다. '할레'는 집이라는 하와이말이고 '이바'는 새 이름이니 할레이바는 이바 새의 집이란 뜻이다.(이바 새가 쉽게 보이는 새는 아니다.) 북쪽 해변 마을로 겨울 파도가 좋아 근

처 파이프라인 해변Banzai Pipeline에서는 세계서핑대회
도 열린다. 웜슈트를 장만하니 왠지 히어로의 슈트가 생긴
듯 겁이 나지 않았다. 그렇다고 무턱대고 파이프라인으로
는 갈 수 없다. 그곳보다는 파도가 낮은 알리 해변Haleiwa
Alii beach으로 가기로 했다. 알리의 파도는 여태 타던 퀸
스의 파도와는 확실히 달랐다. 높고 크다. 못 탈 정도의 집
채만 한 파도는 아니지만 내 키 정도의 높이는 되었다. 새
슈트까지 챙겨들고 왔으니 도전해보자며 바다에 들어갔다.
물이 닿으니 그 불편하던 슈트가 편안했다. 역시 그녀의 말
을 듣길 잘했다.

　알리 해변의 파도는 보드를 붙들고 있기도 힘든 세찬
파도였다. 사실 바다 한복판의 포인트까지 가기도 어려웠
다. 물을 먹어가며 들어가 자리를 잡고 우일과 함께 파도에

보드가 없으니
무섭구나

첨벙

올라타긴 했다. 한참을 타고 해변 가까이까지 오고 보니 옆에 우일이 없었다. 그의 보드만 둥둥 떠 있었다. 곧 어딘가에서 수면 위로 올라오겠지 했는데, 그가 영 떠오르질 않았다. 겁이 났다. 우일의 보드와 팔을 연결한 끈이 떨어져 있다. 어디 떠 있을 거다. 파도가 너무 높아 그가 떠 있어도 내겐 안 보일 바다다. 침착하자. 침착하게 숨을 고르고 살펴보니 저 멀리서 해안가로 배영해오는 우일이 보였다. 나름 여유로워 보인다. 아아, 다행이다.

우일은 너무 센 파도에 엎어져선 보드와 묶어둔 끈이 저절로 풀어졌다고 했다. 바다 한가운데에서 보드 없이 혼자가 되어 파도와 싸웠다며 숨을 몰아쉬었다. 물살은 세고 숨을 고를 수가 없어 수영이 안 되었다고 했다. 몸을 뒤집으니 그나마 숨이 쉬어져 배영으로 천천히 나왔다며 상기된 얼굴로 말했다.

파도는 보이는 것보다 들어가보면 더 어마어마하다. 동여맨 모자가 벗겨지고 빡빡했던 슈트가 뒤집어지며 보드와 몸을 동여맨 끈이 끊어지기도 한다. 언제나 조심, 또 조심해야 한다.

하지만 멀리서 배영으로 나오는 우일은 비버처럼 여유롭고 평화로웠다. 죽을지도 모르겠다며 배영을 시도한 티는 전혀 나지 않았다. 보이는 대로 믿지는 말아야겠다.

알리 해변에서 놀란 가슴을 안고 다시 남쪽의 퀸스 해변으
로 돌아왔다. 아아, 역시 퀸스 해변이 좋다. 보디보드 전용
바다라 서핑보드와 부딪칠 걱정 없이 파도를 탈 수 있는 곳
이다. 반가운 하비 얼굴도 보이고 새로 알게 된 로즈도 있
다. 보디보드를 이제 막 시작한 로즈는 볼 때마다 샤카 사
인을 날려준다.

오늘 퀸스의 바다는 파도가 아주 좋다. 꽤 길고 고르게
일직선으로 오는 파도인데, 높이도 평소보다 높다. 파도를
기다리는 시간보다 타는 시간이 더 많은 날이
다. 이제 웬만한 파도는 포인트만 잘 잡
고 있으면 잡아탈 수 있을 정도
다. 로즈가 옆에서 부러워할 정
도의 실력이 되었다. 나도 이제
보디보드를 좀 탄다고 말할 수 있
는 사람이 된 것이다.

보디보드는
스티로폼
↓

다른 바다에 갔다가 퀸스로
오니 집에 온 듯 편안
했다.

서핑보드는
에폭시 등의 소재.
충돌 시 사고 위험이
더 많다

이제 파도를 타는 일보다 어떤 파도를 어떻게 타느냐가 더 중요하다. 가장 높고 힘 센 파도를 골라야 더 신나고 오래 재미날 수 있다. 괜히 짧고 자잘한 파도를 타고 나가면 다음에 오는 높고 세찬 파도는 놓치게 된다. 파도는 늘 세트로 휘몰아치니 좋은 파도를 위해선 신중히 기다려야 한다. 이상한 건 언제나 내가 골라 탄 파도보다 다음 파도가 더 높고 재미있어 보인다는 사실이다. 신나게 타고 나와 다시 들어가다 보면 방금 전보다 더 좋은 파도를 타고 나오는 사람들이 보인다. 공원에서 남이 맡은 자리 같다고 할까. 언제나 남의 자리가 내 자리보다 좋아 보인다. 어차피 비슷한 잔디에 깐 돗자리인데 내가 깐 돗자리 아래만 잔디가 더 없어 보인다.

파도타기는 타이밍이다. 어제의 나와 일 분 전의 내가 다르듯, 파도도 순간순간이 모두 다르다. 정확한 순간에 올라타야 파도를 탈 수 있다. 너무 빨리 패들링과 발차기를 하다 보면 정작 파도가 왔을 때는 이미 지쳐 있는 경우가 있다. 늦었지만 타보겠다고 안간힘을 쓰다가 멀리서 타고 오는 사람들을 위해 비켜야 할 때도 있다. 어쩌다 파도 꼭대기에 올라타면 무서운 마음에 파도에서 그냥 내려야 할 때도 있다. 타이밍이다. 타이밍을 못 맞춘 아빠 인생이 생각났다. 몇 번 사업을 말아먹은 아빠는 1990년 초에 생수 사업을 하겠다고 했다. 그때 엄마와 나는 누가 물을 돈 주고 사 먹겠냐며 비웃었다. 그 후 몇 년 뒤 아빠는 돌아가셨다. 그리고 나는 가게에서 물을 사 먹을 때마다 아빠 생각이 났다. 그때는 너무 빨랐다고요, 아빠.

예전엔 파도를 타기만 해도 입이 절로 벌어졌는데, 달라졌다. 자주 타는 것보다는 잘 타고 싶어졌다. 밥을 먹을 수 있나 없나를 고민하던 생계형 고민에서 벗어나 반찬 투정을 하는 느낌이다. 이제 좀 살 만해졌구나. 어떤 밥을 어디에서 얼마나 맛있게 먹을 수 있는지 고민하다니. 배가 좀 불렀다.

46

바다에 내가 있는데 여기가 어디인지 그 위치를 설명할 수가 없다. 공간 안에 있는지 밖에 있는지도 잘 모르겠다. 무한한 곳에 있는 기분마저 든다. 그동안 알던 공간과는 다르다. 길이 없어서 어디든 다 길이 되는 곳. 그곳에서 나는 길을 잃는다.

"우리는 때때로 길을 잃어야 한다. 세계를 잃어버린 다음에야 비로소 우리 자신을 발견하기 때문이다."

요즘 다시 읽는 헨리 데이비드 소로의 《월든Walden》에 나온 말이다.

2018년 4월 27일 판문점 평화의 집에서 남북정상회담이 열린다. 큰 파도가 밀려오고 우리가 파도의 중심에 있다. 우리는 호흡을 가다듬고 파도에 몸을 맡긴 채 세차게 팔과 다리를 움직이면 된다. 만약 놓친다면 다시 하면 된다. 기다리면 기회는 분명히 다시 올 테니까.

우리 인생도 그런 게 아닐까? 기회란 두 번 다시 오지 않는다고들 하지만, 어쩌면 기회는 파도처럼 매일매일 찾아오는지도 모른다. 기회를 놓쳤다면 다시 맘을 가다듬고 기다리는 거다. 기다리면 다시 온다. 파도처럼.

#47

오늘 파도는 이리저리 출렁인다. 파도타기에 좋은 날이 아니다. 그래도 바다에 가니, 로즈가 있다. 그녀 역시 오늘 파도는 별로라며 투덜거린다. 파도 앱도 오늘보다는 내일이 더 좋을 것이라 알려주었다. 내가 내일 더 좋은 파도가 올 거라고 로즈에게 말하니 깜짝 놀란다. 대체 어떻게 그런 걸 미리 아냐는 거다. 그녀는 파도 앱의 존재 자체를 모르고 있었다.

오후가 되니 바람의 방향 때문에 파도가 높은데도 잘게 부서진다. 이런 까다로운 파도에 하비도 나왔다. 이런 파도는 옆으로 길게 이어지지 않아 영 별로다. 하비와 난 수다나 떨기로 했다. 며칠 전 남북공동회담에 대해 반 한국인인 하비는 할 말이 많았다. 우리는 뉴스를 보며 눈물을 흘릴 만큼 기뻤던 그 회담을 이야기했다.

남북의 달라진 관계를 생각하며 파도를 기다리다, 북한의 어느 바다 한가운데까지 떠내려갔다. 북한에도 바다가 있고 파도가 있을 텐데. 거기서 파도를 기다리며 북쪽의 바람을 느끼는 그런 날이 온다면 얼마나 좋을까. 백두산을 바라보며 파도를 기다리는 우리. 상상만으로도 벅차다.

#48
_____

파도를 타려면 조수와 바람의 방향도 고려해야 한다. 퀸스해변은 조수가 낮으면 물이 너무 빠져 바다의 돌이 드러난다. 그러면 화산암인 돌에 다칠 수가 있어 위험하다. 조수는 하루에 보통 두 번 높아졌다 낮아졌다 하는데, 너무 높아도 안 좋고 너무 낮아도 좋지 않다. 바람은 육지에서 바다 쪽으로 불어야 파도가 좋다. 파도가 아무리 높아도 바다에서 바람이 불어오면 파도가 쪼개져 잘게 부서진다. 퀸스해변은 다이아몬드헤드 쪽에서 불어준다면 제일 좋은 바람이다. 바다에서 해안 쪽으로 부는 바람이 제일 싫다는 하비덕에 알게 된 사실이다.

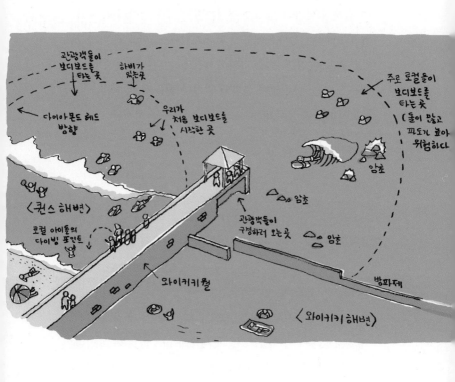

관광객들이
보디보드를
타는 곳

하비가
있는곳

우리가
처음 보디보드를
시작한 곳

주로 로컬들이
보디보드를
타는 곳
(돌이 많고
파도가 높아
위험하다

다이아몬드 헤드
방향

암초

〈퀸스 해변〉

암초

로컬 아이들의
다이빙 포인트

관광객들이
구경하러 오는 곳

암초

와이키키 월

방파제

〈와이키키 해변〉

하비에게 파도 보는 법을 가르쳐달라고 했더니 비밀이라며 도망간다. 감은 가르칠 수가 없다며 무조건 많이 타라고 조언한다. 다만 작은 파도를 몰고 오는 큰 파도는 아무리 커도 도착하면 크기가 작아진다고 했다. 오직 큰 파도가 혼자 달려올 때가 힘이 좋단다.

파도는 어렵다. 하루도 어제 같은 오늘이 없기에 공을 들여야만 느낄 수 있다.

바람이 옆으로 부니 파도가 높은데도 부서지지 않아 타기가 어려웠다. 로즈는 보디보드에 물안경까지 쓰고 나타나 인사를 했다. 무릎이 안 좋아 발차기는 안 하고 높은 파도에서만 보드를 탈 거란다. 묻지도 않은 자신의 야심찬 계획을 말하더니 물속으로 쏙 들어가며 한마디 더 외친다.

"파도가 커지면 내게 알려줘. 나는 일단 바닷속을 구경하고 있을게. 오오 정말 이 바다는 너무나너무나 할 게 많지 않니? 큰 파도가 올 때만 날 불러줘."

바다에서 제일 바쁘신 로즈다.

오늘은 손가락이 쪼글쪼글해질 때까지 바다에 있었더니 집에 왔는데도 아직 물 위에 있는 것만 같다. 침대에 누워도 물에 떠 흔들리는 기분이다. 울렁이고 어지럽다.

49

며칠 전 커뮤니티센터에서 잎사귀 레이lei 만드는 수업을
한다는 공고를 보고 신청을 했다. 파도가 그리 좋지 않은
기간이라 거리낌이 없었다. 시간을 내기 위해 고려하는 최
우선 순위가 파도의 상태라니, 이런 내가 낯설다.

레이는 하와이에서 흔히 보는 꽃 꾸러미 목걸이를 지
칭하는 말이다. 꽃으로 만든 게 제
일 많긴 하지만 초록 잎사귀
나 쿠쿠이넛Kukui nut, 깃
털, 종이처럼 다양한 재료를
사용해 만들기도 한다. 화려하
고 큰 목걸이는 별 관심 없었는데
잎사귀 레이는 달랐다. 다양한 초록색 잎
사귀로만 꼬아 만든 레이는 단조로우면서
도 우아했다. 미묘하게 채도와 명암이 다른 초록빛이 어우
러져 화려해 보이기도 했다. 언젠가는 이 잎사귀 레이 만드
는 법을 꼭 한 번 배워보고 싶었다.

Lei

레이 만들기를 배운다며 아침 일찍부터 들뜬 마음으로 센

터 마당에 도착했는데 온통 할머니들뿐이다. 레이를 가르쳐주는 선생님이 육십대 후반으로 가장 젊어 보였고, 레이를 만들고 있는 할머니들은 감히 나이를 예측하기도 곤란했다. 나를 보자 그들은 우쿨렐레나 훌라 수업은 다른 건물로 가야 한다며 내게 의아한 눈길을 주었다. 그러다 레이를 배우러 왔다는 내 말에 함박웃음을 지어 보이며 서로 자리를 양보하더니 각자 가져온 간식까지 내어주었다.

이곳 5월엔 우리나라의 현충일인 '메모리얼 데이 Memorial Day'가 있다. 이날의 행사는 하와이 국립묘지에서 하는데 묘지에 레이를 거는 게 오래된 풍습이었다. 어마어마한 양의 레이가 필요했다. 이 커뮤니티센터에서는 가르침을 빙자해 레이 오천 개를 만들어 기부하고 있었다.

그러면 그렇지. 나를 반기는 노인들의 폼이 예사롭지 않았다. 수제 쿠키와 손수 잘라 온 망고, 오이와 레몬을 넣은 물까지 주는 융숭한 대접이 조금 부담스러웠는데 다 이유가 있었다. 레이 꼬는 법을 가르치더니 나를 집에 보낼 생각이 아예 없어 보인다.

잎사귀 레이를 만드는 법은 새끼를 꼬는 것과 비슷하다. 먼저 레이를 만들 티ti(하와이 길에서 흔히 볼 수 있는 난처럼 생긴 화초) 잎사귀를 길쭉하게 자른 후 돌돌 말아 냉장고에 넣어둔다. 이삼 일이 지나면 살짝 데친 파처럼 잎이 부드러워지고 얇게 물풀을 바른 듯 끈적이는 상태가 된다. 그때 잎 두 개를 서로 엮어 새끼줄을 꼬듯이 만들면 된다.

중간중간 잎사귀를 더해 장식을 어떻게 하느냐에 따라 그 화려함이 달라지는데, 기본은 짚으로 새끼를 꼬는 것과 같다. 완성된 레이 역시 냉장고에 보관하면 된다. 그렇게 몇 년이고 보관해도 끄떡없다고 티 잎으로 만든 레이를 삼 년째 보관하고 계신 한 할머니가 말해주었다.(원고 교정을 보는 지금, 일 년째 그 레이를 냉장고에 보관하고 있었는데, 어제 버렸다. 색은 그대로인데 뭔가 끈적이고 냄새도 났다. 차라리 그때 말려둔 레이의 상태가 더 낫다. 바스라질 것 같지만 더럽지는 않다. 냉장고 삼 년 보관은 무리다.)

레이를 만들며, 존 레넌 공연을 회상하던 할머니는 가끔 노래를 불렀다. 그때 넌 태어나지도 않았을 거라며 내게 쿠키를 한 쪽 더 주었다. 쿠쿠이 열매가 어릴 적부터 말을 걸어와 늘 쿠쿠이 넛 레이를 착용한다는 할머니는 싼 쿠쿠이 레이 가게를 알려주었다. 시내에서 사면 뭐든 손해라는 뻔한 정보도 잊지 않았다. 대화의 맥락이 어디로 튈지 몰라 간간이 맞장구나 치며 레이를 만드니 내 손은 점점 더 빨라졌다. 다른 할머니들보다 거의 세 배 속도다. 할

머니들은 내 속도에 감탄하며 다음 주에도 꼭 다시 나오라
신다. 물도 떠다주고 망고도 손수 먹여주었다. 채워야 할
레이의 할당량이 있으니 내가 구원투수로 보이는 모양이
다. 칭찬에 힘입어 레이를 집에서도 만들어 오겠다고 하
니 한 분이 곱게 말아 빨간 털실로 묶어둔 레이 잎사귀 한
봉투를 냉장고에서 꺼내주신다. 이건 너무 많다. 난처한 표
정으로 받아드니 만들 수 있는 만큼만 만들어 오란다. 아
아, 일복은 타고 났다.

51

처음 만난 훌라 선생님은 하와이 전통 문양 문신을 팔에 새긴, 몸집이 크고 긴 머리카락을 가진 하와이 청년이었다. 디즈니 만화 〈모아나〉에서 튀어나온 것 같은 모습의 젊은 남자였다. 선생님은 기본 스텝을 알려주더니, 훌라는 선생님마다 모두 다른 동작을 가르친다며 거리에서 보던 춤이 제각각인 이유를 설명했다. 그는 엄마가 할머니에게 전수받은 훌라를 자신이 이어받아 가르치고 있다며 커다란 덩치와 어울리지 않게 섬세하고 부드러운 동작을 보여주었다. 오랫동안 전해 내려오는, 그 집안의 고유한 김치 레시피를 소개받는 기분이었다.

모두 제각각이라니 어떤 다른 반이 있나 기웃대다 칠대 째 전통 훌라댄스를 가르치는 할아버지 선생님을 만났다. 전통 훌라를 가르칠 수 있는 사람을 '쿠무Kumu'라고 하는데 쿠무는 춤추기 전 삼십 분 동안 하와이안 전통 북인 '이푸ipu'를 두드리며 하와이말을 가르친다. 하와이는 자신의 언어는 있지만 고유의 글자가 없다. 쿠무는 훌라댄스가 그들의 신화와 뿌리를 노래하고 알려주기 위해 만들어졌다며 노래만 알아듣는다면 이해가 쉬운 구체적인 동작들이라 설명했다. '몸으로 하는 이야기'인 셈이다.

훌라 치마 '파우Pau'를 걸치고 앉아 둥둥 북소리에 맞춰 하와이말을 배운다. 하와이말은 성조가 있어 그냥 말해도 노래 같다. 수업을 끝낸 뒤에는 다 같이 하와이말로 기도를 하는데, 춤을 추던 썰렁한 교실이 거대한 우주로 바뀌는 느낌이었다. 처음 듣는 언어가 주는 신비감이 있었다. 마할로 케 아쿠아Mahalo ke akua(신께 감사하라).

#52
───

줄줄이 바다에 뜬 채 각자의 자리에서 파도를 기다리다, 드디어 온 파도에 나만 못 올라탔다. 길게 일자로 오는 파도라 모두 같이 탈 수 있을 거라고 생각하며 순차적으로 올라타는데 허망하게 나만 탈락한 것이다. 부서지는 하얀 거품과 함께 파도 뒤에 남겨진 채 보이지도 않는 그들의 신나는 모습을 상상하니, 그렇게 부러울 수가 없었다. 어쩐지 파도가 나만 남겨두고 간 것 같아 섭섭하기도 하고, 쑥스럽고 창피하기도 했다. 하지만 곧 마음을 고쳐먹고 다시 다가올 파도를 기다렸다. 다음 파도는 나도 신나게 탈 수 있는 걸 알기에 괜찮다.

그러다 정말로 방금 놓친 그 파도보다 더 좋은 파도가 다가오기도 한다. 먼저 타고 갔던 그들이 돌아오다 아까보다 더 큰 파도를 탄 나를 부러운 눈으로 바라보기도 한다. 인생이란 알 수가 없다. 기회를 놓쳤다고 생각했는데 기다렸더니 더 좋은 게 오기도 하는 것이다. 인생의 때라는 게 있을까?

영화 〈마지막 사중주A Late Quartet〉에서 아직은 때가 아니라며 제2바이올린만 고집하는 필립 시모어 호프먼에게 한 여인이 이야기한다. "가장 좋은 때란 없어요. 그 말은 언제나 가장 좋은 때란 걸 말하죠."

어쩌면 매일매일이 그 기회, 그때일지도 모른다.

우린 요즘 밥을 먹으면서도 술을 마시면서도, 컴퓨터 앞에 앉아 넷플릭스Netflix 영화를 고를 때에도 보디보드에 관해 이야기한다. 알면 알수록 큰 파도를 타는 일은 무섭고 어려워 보인다. 일단은 퀸스 해변에서나 잘하자.

#53

"Did you come this ocean everyday?" 하비가 물었다. 나는 "노력하지만 힘들어서 매일은 못 나와"라고 대답하고는 다시 파도를 기다리다가 문득, '오션? 지금 방금 오션이라고 했나?' 싶었다.

그러고 보면 사람들의 말을 그냥 다 직역해서 듣고 있는 나의 이 상황이 참 답답하긴 하다. '바다에 자주 오니?'

113

'해변에 매일 와?' '이 대양에 매일 나오니?'는 전혀 느낌이 다르지 않은가. 처음 보는 사람과 이야기를 나눌 때는 그 사람이 선정한 단어에서 느껴지는 특유의 느낌이란 게 있다. 하지만 영어로 들으면 그냥 뜻 해석하기도 바쁘다. 듣고 의사소통하기 바쁜데 미묘한 감정이나 뉘앙스까지 잡아내기는 무리다. 그럴 때마다 내 사람들이 보고 싶다. 언어의 쓰임새가 같고, 같은 온도로 대화할 수 있는 내 식구들. 개떡같이 말해도 찰떡같이 알아듣는 내 친구들 말이다.

#54
___

퀸스에서만 보디보드를 타니 지루해 다시 북쪽 할레이바 해변으로 가기로 했다.

북쪽은 확실히 서핑 인구가 많다. 서핑은 파도 위를 미끄러지는 액션 히어로 같다. 긴 서핑보드 위에 자세를 잡은 사람들 옆에서 짧은 보디보드를 타고 있으면 확실히 우아함이 떨어지긴 한다. 같이 파도를 기다리며 떠 있다가 바로 옆에서 벌떡 일어나 자세를 잡으면 이쪽은 입이 저절로 떡 벌어져 하염없이 바라보게 된다.

그래도 나는 역시 보디보드가 더 좋다. 클래식보다는 얼터너티브 록을, 사실적인 그림보다는 선으로만 된 만화

요 위치에 있으면
파도를 타고 오는
사람은 보여도
타고 나간 사람은
보이지 않는다
(서핑의 경우는 일어
서니까 상체가 보임)

를 더 좋아하는 내 취향에는 보디보드가 더 잘 맞는다.

요즘 북쪽 해변들을 돌아보니 보디보드 타는 곳으로
는 역시 퀸스 해변만 한 곳이 없었다. 퀸스는 보디보드 전
용 해변이다. 퀸스 해변의 안전요원 초소에서는 보디보드
이외의 보드가 보이면 나가라는 방송을 한다. 하비처럼 터
줏대감은 서핑보드는 저쪽으로, 숏보드는 이쪽으로 가라며
위치까지 지정해준다. 보디보드를 시작하는 사람에게 퀸스
보다 더 좋은 해변은 없어 보인다.

할레이바에서 서핑 무리와 함께 타다 바닷물을 들이마
셨다. 그런데 퀸스에 비해 싱겁다. 확실히 덜 짰다. 해변마
다 바닷물의 염도가 다른 걸까 아님 그때그때 내 입맛이 다
른 걸까?

55

5월 한 달, 매주 금요일마다 레이를 만들고 또 만들며 보냈다. 만드는 방법만 배우려고 했는데 할머니들의 환대에 힘입어 매주 나가서 레이를 만들고 숙제까지 받아왔다. 적어도 백 개는 내가 만들어 보냈다. 손톱에 초록물이 밸 정도로 맹렬하게 만들었다.

하와이에서 티 잎은 건강과 복을 가져다주고 악귀로부터 보호해준다고 믿어 거리마다 집집마다 많이 심는 식물이다. 티 잎사귀를 띄워 바다를 건너도 되는지 점을 치기도 하고(잎사귀가 가라앉으면 건너지 말아야 한다), 두통이나 근육 이완에 좋아 차로 끓여 마시기도 한다.

이 잎으로 만든 레이는 건강과 행운을 지켜준다며 다들 하나씩 지니기로 했다. 일반적으로 목걸이 형태라 알고 있

으, 손에서
풀 냄새나 ~

↑ 신문지 위에서
레이 만드는 중

는 것과는 달리, 한쪽을 열어 줄처럼 목에 거는 게 더 좋다고 한다. 서로의 마음을 가두지 않고 항상 열어놓기 위해서다. 특히 무덤에 쓸 레이는 절대 목걸이처럼 닫으면 안 된다고 한다. 무덤의 영혼이 레이를 만든 사람에게 병이나 불운을 가져다줄 수도 있다고 믿기 때문이다.

레이는 한 사람의 목에 거는 순간 그 사람의 일부분이 된다. 그래서 주는 사람 앞에서 바로 벗거나 거절하는 건 예의에 어긋난다. 버릴 때는 자연으로 돌아가게 흙이나 바다로 던진다.

한 달 동안 매주 모여 레이를 만들면서 가장 많이 들었던 이야기는 누군가의 장례식이었다. 다들 연세가 있으시니 여기저기서 친구들의 죽음을 덤덤히 이야기한다.

레이를 만들기 전 모두 모여 손을 잡고 기도를 하는데, 할머니들의 주름진 얇고 가는 손에 괜히 뭉클해졌다. 이건 '메모리얼 데이'에 쓸 레이가 아니라 우리가 쓸 레이를 만드는 기분이었다. 옆에서 한참 말없이 레이를 꼬던 마샤가 말했다.

"이렇게 레이를 꼬고 있으면 나이도 건강도 모르겠어. 그냥 계속 레이를 꼬고 있을 것만 같거든. 우리 집 고양이가 다섯 살이니 나보다는 오래 살아야지. 이 티 잎이 우릴 잘 살펴주겠지." 이 티 잎이 우릴 잘 살펴주기를.

56

그림 티셔츠가 세 개나 배달되어 왔다. '로드 버스데이Lord Birthday'란 만화가의 그림이 프린트된 옷이었다. 우일이가 식구들 단체 티를 혼자 준비하셨다. 나도 좋아하는 그림이라며 티셔츠를 건네며 회심의 미소를 짓는다. 얼마 전 책방에 갔다가 그림에 곁들인 그의 글이 재미있어 책을 사긴 했다. 어눌한 선으로만 그려진 그림과 함께 고민 대처 방법에 대한 글을 번호까지 매기며 나열했는데 그 방법이 하찮고 사소해 계속 들여다보게 되었다. 하지만 영어라 아직 다 읽진 못했다.

우일은 그의 인스타그램instagram을 폴로follow하다 직접 티를 제작해 파는 것을 알게 되었다. 며칠 전 노란색 옷을 하나 장만하고 싶다고 했던 내 말까지 기억해 특별히 내 티는 노랑으로 주문했다. 묻지도 않고 함께 있지도 않은 은서의 티까지 구비하셨다. 자잘한 스티커까지 버스데이 선물세트가 도착했다. 이럴 때는 유난히 통이 크시다. 어디 보자며 티를 받으니 노랑이 아니다. 나는 샛노란 커리 색을 원했다. 그런데 이 티는 개나리 색보다 흐린 허여멀건한 노랑이다. 노랑에 화이트가 삼십 퍼센트 정도 섞여 힘도 없어 보인다. 차라리 흰색이면 좋겠다. 입어보니 어중간하게 커서 몹시 뚱뚱해 보이는 사이즈다. 아예 크다면 잠옷으로라

도 입겠다만 그러기엔 뭔가 불편한 크기다.

　그건 그렇고. 내가 박스 티셔츠를 즐겨 입는 사람이 아
니란 건 같이 지낸 지 삼십 년이 넘어가는데 좀 알아야 하
는 거 아닌가? 대체 왜 내가 입을 티까지 손수 챙기시는지
알 수가 없다.

　우일은 티셔츠를 유난히 좋아한다. 사고사고 또 산다.
흠모하는 작가가, 좋아하는 영화가, 모으던 장난감이, 먹고

싶은 음식이 그려진 티셔츠를 찾고 또 찾아낸다.

그만 좀 들이라며 잔소리를 하다 문득, 즐겨 입는 옷이 고작 그림 티셔츠라니. 그래, 너 같은 사람 덕에 여태 우리가 살아왔다는 생각이 들었다. 우리의 소소한 글과 그림을 좋아해 사주는 사람들. 하찮고 작은 물건을 칭찬하고 예쁘다며 구입해주는, 그렇게 소소한 곳에 돈을 써주는 사람 덕에 우리도 이렇게 살고 있는 거다.

#57
___

만나야 할 사람도, 신경 쓸 사람도, 놀 사람도, 오직 우일 한 명뿐인 요즘, 시간이 정말 차고 넘친다. 덕분에 바다에 안 가는 날에는 거의 모든 시간 책을 읽는다. 서점계의 넷플릭스라는 '밀리의 서재'를 신청하고부터다. 서울에서는 책이 차고 넘쳐도 볼 시간이 없었는데 이곳에선 늘 책을 못 사 읽어 안달이다. 미국에서도 온라인으로 책을 주문하면 무료로 배달받을 수 있는 사이트가 있긴 하지만, 나중에 보낼 이삿짐을 생각하면 아무래도 살 엄두가 나질 않는다. 하와이 이사 비용은 미국 본토에 비해 배로 비싸다. 바로 한국으로 들어갈 수가 없다. 무조건 미국 본토를 들러야 해서 그만큼의 비용을 더 치러야 한다. 나까지 짐을 늘릴 수는

그런 현경이에 비해 애는 파도 타기 관련 책만 몇 달째 보고 있다

오호 그래서 파도가 그랬군! 오올치! 아싸!

없다며 고민하고 있었는데 밀리의 서재를 만났다.

밀리의 서재에는 신간이 많이 없고 아직 모든 출판사 책이 다 있는 게 아니어서 조금 아쉽긴 하지만 고전이 있다. 《데미안Demian》도 《이방인L'Étranger》도 《월든》도 다시 읽어보니 예전과 다르게 와 닿는다. 잘 알지 못했던 한국 여성 작가들도 만났다. 여자의 책을 읽으면 묘하게 더 공감이 가고 더 고개를 끄덕이게 된다. 정여울이 그랬고, 은유가 그랬으며 권여선, 김애란, 김소연, 백영옥, 이영희, 정문정, 정혜윤 등 잘 모르던 많은 작가를 알게 되었다.

며칠 전에는 내 온라인 서재에 전혀 모르는 책이 한 권 내려받아져 있었다. 제목을 보니 《술이 있으면 어디든 좋아

飲めば都》라는 기타무라 가오루의 소설이다. 생각해보니 어제 술을 마시다 취한 채로 새로운 술친구를 검색한 기억이 났다. 술친구가 우일뿐인데, 우일이 같이 마시다 잠자리에 들어 아쉬웠다. 내 온라인 서재에서는 이제 알코올 냄새까지 나는구나.

58

헨리 데이비드 소로의 《월든》을 하와이에서 다시 보니 이곳의 풍경이 달라 보인다. 그가 묘사한 대로 바다의 잔잔한 물결이 잘 없은 기왓장 같다. 오케스트라나 장송곡 같은 새 울음 소리가 느껴져 적막하고 쓸쓸하기도 했다. 개미의 다른 두 종족 간 싸움을 보며 장렬하게 전사하는 신화 속 전투처럼 묘사한 대목을 읽고 나서는 부엌 개미들까지 넋 놓고 보게 되었다. 21층까지 기어 올라온 개미 떼가 대견해 보이기도 했다.

소로만의 시각으로 바라본 사사로운 것들에 대한 묘사는 장황하고 거창해 절로 웃음이 터진다. 설마 웃기려고 쓴 건 아닌지 다시 읽어보면 그보다 진지할 수가 없다.

그의 글을 음미하니 내 세상도 더 깊어지고 사사로워진다. 세상의 모든 작은 것들과 모든 익숙한 것들이 아름다워 저절로 공손함이 생긴다. 소로가 말했다.

"현명한 인간은 우주가 결백하다는 걸 알고 있다. 독이
라는 것도 따지고 보면 독이 아니고, 어떠한 상처도 치명적
인 것은 아니다."

#59

토요일마다 가는 훌라댄스 수업이 세 달째에 접어들었다.
이제야 춤이 남들과 조금 비슷하게 춰진다. 처음엔 어느 방
향으로 움직여야 하는지, 무슨 손동작을 해야 하는지 갈피
조차 못 잡았다. 몸과 싸우지 말라는 쿠무의 조언도 들었
다. 멍하니 사람들을 바라보며 움직일 수조차 없던 날들을
보내고 나니, 이젠 하와이말 단어 몇 개쯤은 알아듣고 동작
을 구사하는 정도가 되었다. 여전히 어설픈 동작으로 혼자
엉뚱하게 다른 방향으로 돌기도 하지만 하와이말을 제법
이해해가고 있다.

어리바리 갈팡질팡하다 실수를 하고 식은땀을 닦으니
선생님이 웃으며 말씀하신다.

"넌 지금 잘하고 있는 거야. 실수를 하잖아. 실수한다는
건 좋은 징조야. 네가 점점 나아지고 있다는 거거든. 노력
하니까 실수도 하는 거야. 실수를 하고 나면 틀린 걸 알게

되고, 그럼 고칠 수 있거든."

〈빨간 머리 앤〉의 대사가 생각났다. "한 사람이 저지르는 실수에는 틀림없이 한계가 있을 거야. 한 번 했던 실수는 반복하지 않을 테니, 실수를 하고 나면 그래도 마음이 놓이잖아."

빨간 머리 앤 같은 쿠무 덕에 홀라댄스는 '너그럽게' 익힐 수 있겠다. 언젠가 옆에서 추고 있는 홀라댄서들과 같은 방향으로 돌게 될 그날을 위해, 오늘도 나는 새로운 실수를 하는 중이다.

60

퀸스 해변의 파도가 날이 갈수록 높아진다. 하비가 여름이
면 퀸스 바다의 파도가 7, 8피트도 넘게 올라간다고 했다.
나보다 키 큰 파도를 감히 탈 수 있을지 걱정했더니 하비가
웃는다. 큰 파도가 오히려 타기는 더 쉬울 거라는 거다.

　며칠 전 멍하니 파도를 기다리는데 하비가 불현듯 정확
한 한국 발음으로 '고사리'를 외치더니 '장아찌'까지 생각
해내 소리쳤다(파도 소리 때문에 대화는 늘 외치는 수준으로 해야
만 전달된다). 한국인과 함께 바다에 있으니 할머니가 해주
셨던 한국 반찬이 생각난 모양이었다. 한번은 '김치'를 나
누어줄까 물었더니, 자신은 혈압이 높아서 짜고 매운 건 안
된다며 거절했다.

　오늘은 '미역국'과 '죽'에 대한 이야기를 나누며 간간히

미국과 북한의 정상회담 이야기를 나누었다. 하비는 한국 정치에 유독 관심이 많다. 그에 비해 얼마 전부터 알게 된 하비 친구 스펜서는 한국 TV 프로그램에 관심이 많은 일본계 하와이 아저씨. 그 역시 보디보드를 타다 알게 되었는데 만날 때마다 〈효리네 민박〉과 〈정글의 법칙〉을 이야기하더니 드라마 〈나의 아저씨〉의 아이유 표정까지 연기해보여준다. 최근의 한국 프로그램은 잘 모른다는데도 나만 보면 한국 TV 프로그램 이야기를 꺼낸다. 바다 위에 둥실둥실 떠서 영어로 한국 프로그램에 대해 듣고 있으면 다 집어치우고 한국말을 하고 싶다.

〈나의 아저씨〉는 나도 보고 싶은데, 넷플릭스에도 없고 온디맨드ondemandkorea(미주 한국인을 위한 텔레비전 프로그램 사이트)에도 없다. 종영되면 어디라도 뜨겠지. 그나저나 스펜서의 아이유 흉내는 정말 못 봐주겠다. 말도 안 된다. 설마 아이유가 그런 표정을 지었을까!

#61

우리 집 베란다에 유난히 새가 자주 날아든다. 비둘기는 물론이고 참새, 빨간 머리새, 노란 부리의 구관조 등. 온갖 새들이 베란다 난간 위에서 놀다 간다. 고양이가 있기 때문이

다. 카프카는 그 새들을 보고는 알미워 죽겠다는 듯 쥐어짜는 목소리를 내며 '채터링(원래 고양이가 사냥감을 발견했을 때 나타나는 본능적인 행동이라는데, 보통은 새소리를 흉내 낸다고 한다)'을 하는데 그게 좀 우스꽝스럽다. 양 소리처럼 메에메에 하는 카프카의 소리는 오히려 자신이 무서워 쫓아내려는 기색이다. 다가가지도 못하면서 목소리에 짜증이 섞여 있다. 새들은 그런 카프카를 놀리듯 난간을 왔다 갔다 하며 오래오래 베란다에 머문다. 21층에 사는 겁쟁이 고양이가 새들에게 소문이 난 모양이다.

Red-crested

바보 고양이 놀리러 가자!

잠깐의 외출에서 돌아오니 우일이 상기된 얼굴로 흥분해 있었다. 집을 비운 반나절 동안 야생 비둘기가 두 번이나 베란다 창을 통해 집에 들어왔기 때문이다. 우여곡절 끝에 간신히 내쫓았다며 비둘기와 벌인 사투(?)에 대해 떠들었다.

배고파 고양이를 먹을까 인간을...

Zebra Dove

Java Finch

고양이보다 주인이 더 바보래!

내가 시큰둥한 반응을 보이자 비둘기가 얼마나 알 수 없는 것들을 먹어대는지, 그래서 얼마나 병균이 많고 더러운지에 대해 조목조목 이야기하기 시작했다. 우일은 이미 히치콕 버전의 새 이야기까지 달리고 있는데 나는 그저 그 이야기를 들으며 월든 호수의 새들을 상상했다. 새가 방문하는 집이라니 나쁘지 않다며 침대에 앉아 있는데 부엌에서 '달그락달그락' 카프카가 밥 먹는 소리가 났다. 우리 집 고양이는 참 밥을 시도 때도 없이 먹는다 싶은 참에 내 옆에 앉아 귀를 쫑긋 세운 카프카와 눈이 마주쳤다. 깜짝 놀라 부엌으로 달려가니 고양이 밥을 먹던 산비둘기가 나를 태연하게 바라본다. 도망갈 생각이 전혀 없어 보인다. '왜? 무슨 일 있어?' 하는 눈빛이다. 상상과 현실은 달랐다. 고양이 사료나 축내는 뻔뻔한 비둘기가 내 집에서 식사하고 있는 걸 목격한 순간 나의 월든스러운 환상은 활자로 변해 책 속으로 사라졌다.

그동안 마루나 부엌에서 가끔 새털을 주웠었다. 새가 많은 곳이니 열어둔 베란다 문을 통해 깃털만 날아온 거라 짐작했는데, 아니었다. 검색해보니 비둘기의 후각과 기억

력은 나보다도 뛰어났다. 그동안 내내 집에 들락거리며 식
사도 하고 깃털도 고르고 간 모양이었다. 우린 바로 아마존
으로 달려가 새 퇴치 도구를 구입했다.

쥐스킨트의 소설 《비둘기Die Taube》가 생각났다. 출근
길 아파트 복도에서 마주친 비둘기 한 마리 때문에 인생이
달라진 은행 경비원 조나단의 하루를 담은 이야기다. 비둘
기. 누군가의 인생 하루쯤은 거뜬히 바꿀 수 있는 그런 존
재다. 인정한다.

2018. 6.

62

파도를 기다리다 심심해진 하비가 뜬금없이 내 엄마 나이를 물었다. 나는 일흔일곱이라고 대답해주었다.

"흠, 좋은 나이지. 나도 빨리 일흔 살이 되고 싶어. 골프장에 가면 내가 제일 어려서 늘 잘못 넘긴 골프공을 주워와야 하거든. 골프장에서 나 같은 육십대는 베이비야. 빨리 칠십이 넘어 애들이 주워온 공을 공짜로 받아서 치고 싶어" 하며 웃는다.

건강한 육십대다. 이렇게 인생을 원 없이 즐기는 아저씨를 보면 문득 한국에서 시큰한 무릎인데도 내색 않고 걸어 다닐 엄마 생각에 콧등이 시려진다.

주어 와!

넷, 어르신!

6월이 다가오니 퀸스 해변의 파도가 겨울과는 완연히 다르다. 겨울의 오아후 북쪽 해변처럼 커다란 파도가 휘몰아 칠 때가 있다. 하비 말에 따르면 곧 남쪽 바다의 파도는 더 높아지고, 점점 사람이 몰릴 거라고 한다. 여름은 남쪽 파도가 제일이라며 두고 보란다. 기대된다. 높은 파도의 퀸스가.

#63

매일 밤 조류를 확인하고 파도의 높이를 따진다. 다음 날의 날씨와 바람의 세기를 확인하고 파도 타는 동영상을 몇 번이고 돌려보며 잠자리에 든다. 오늘 하루 얼마나 멋지게 파도에 올라탔는지를 자랑하고 얼마나 바보처럼 파도에서 미끄러지며 물을 먹고 굴렀는지를 반성한다.

우일은 며칠 전부터 나와 다른 곳에서 파도를 타기 시작했다. 같은 퀸스 해변이지만 방파제 쪽, 파도가 조금 더 높은 와이키키 월(여기선 로컬 쪽이라고 부른다)의 안쪽이다. 그쪽은 방파제 벽과 산호초 때문에 조금 더 물살이 세 파도가 높고 위험한 곳이다. 나도 몇 번 가보았는데 아무래도 위험해서 하비랑 늘 타던 곳으로 돌아왔다. 완벽하게 잘 타는 하비도 안전이 우선이라며 절대로 가지 않는 곳이다.

보디보드를 타기 시작하니 우일의 승부욕에 발동이 걸렸다. 나는 그러거나 말거나 늘 타던 곳에서 친구들과 노닥거리며 슬렁슬렁 파도를 탄다. 그래서인지 보디보드 실력이 늘지를 않는다.

요 며칠 월 안쪽에서 타더니 우일의 보디보드 기술이 확실하게 달라졌다. 같이 시작했는데 몇 달 만에 폭풍 성장을 한 것이다. 하긴 보드만 탄다. 요가도 하고 훌라도 하는 나와는 다르다.

#64
───────────────────────────────
친구들이 생겼다. 훌라 교실에서 나이가 비슷한 또래 두 명

과 친해졌는데 알고 보니 둘 다 선생님이다. 고등학교 미술
선생님 미셸과 수화 선생님 셰리. 우린 모두 같은 동네에
사는 아시안인데 모두 미국의 다른 주에서 이곳으로 이사
온 지 얼마 안 되었다는 사실을 알고 더 친해졌다. 셋 다 전
에 살던 지역번호를 이곳에서도 그대로 사용하고 있어 전
화를 걸면 하와이가 아닌 다른 지역이 뜬다.

우린 훌라 수업 쉬는 시간에 수다를 떨다 친해졌는데, 떠
들다 보니 우리만 떠드는 분위기라 그렇다면 편하게 실컷
떠들자며 따로 만났다. 셋 다 수다를 즐기는 사람들이다.

둘 다 시카고와 뉴욕의 빡빡한 도시 생활이 싫어 이곳
고등학교 선생님 지원 원서를 썼다고
했다. 비슷한 삶의 취향을 가지고
사는 사십대 후반의 헐렁한
여자 사람들이다. 나이 들
어서 만난 사람들은 나와
완전하게 다르지가 않아 참
좋다. 시냇물에 모여 있는
비슷한 크기의 조약돌처럼

비슷한 크기의 조약돌

자연스럽게 비슷한 처지의 사람들을 만나게 된다.

오늘 새로운 걸 알게 되었다. 미국 수화와 영국 수화,

오스트레일리아 수화가 모두 다르다는 사실이다. 같은 영어권이어도 수화는 완전하게 다르다고 한다. 그런데 우리나라 수화와 일본 수화는 칠십 퍼센트가 같다는 더 놀라운 사실도 알려 준다. 수화는 문화를 형상화하는 손짓이다 보니, 비슷한 지역이나 같은 문화권끼리는 같은 동작들을 한다고 했다. 사람은 죽을 때까지 배우다 죽는 거라 하셨던 할머니 생각이 났다. 아직 모르는 게 이렇게나 많다니.

#65

몇 달 살아보니 하와이와 포틀랜드가 얼마나 다른지 온몸으로 느껴진다. 포틀랜드는 모두가 거기서 나고 자란 백인들의 마을이었다. 한 번도 다른 도시에 가본 적이 없다는 포틀랜드 친구도 있었다. 어떤 동네에서는 거리를 걷는 동양인이 오직 우리뿐인 적도 있었다. 하지만 여긴 모두 이방인들이다. 아시아 인구가 절반이 넘는다. 이방인의 도시 하와이다.

이런 이방인의 도시가 되기까지 하와이는 슬픈 역사를 지나왔다. 미국이 들어와 원주민을 차별하며 이방인처럼 대하던 시절의 이야기다. 훌라 선생님 쿠무는 올해로 칠십이 된 하와이안 할아버지인데 어릴 적 학교에서 하와이말을 쓰면 맞았다고 했다. 와이키키 해변 호텔은 하와이 원주

민들이 기웃대지 못하도록 가림막을 치거나 벽을 세웠고, 원주민들은 아예 인종으로 취급하지도 않았다고 했다. 모든 서류의 인종 체크 칸에는 백인, 흑인, 그 외, 이렇게 세 가지로 구분되어 있었다. 공항에서 '그 외'가 되어 입국신고서를 적으며 한참이나 울었던 기억을 이야기했다.

그런 쿠무는 늘 '알로하 정신'을 외친다. 알로하는 열려 있는 마음을 뜻한다. 서로 받아들이고 존중해야 마음이 열린다고 강조한다. 한국인은 한국 문화를 일본은 일본 문화를 중국은 중국 문화를, 서로 존중하며 각자 소중히 여기자고. 여기는 미국이지만 하와이고 또 많은 나라 사람들이 와서 살고 있는 땅이니 절대 자신의 나라를 잊지 말라고 말이다. 서로가 서로를 있는 그대로 받아들이는 게 알로하 정신이라며 '알로하!'를 외친다.

66

우일과 싸웠다. 보디보드를 타다 부딪쳐 코가 격투기 선수처럼 부어 있는 내게 대체 어떻게 그렇게 된 거냐며 화를 냈기 때문이다. 우일이 내 부은 코를 보고 속상해하는 마음은 알겠다. 하지만 내가 더 아프고 속상한데 그냥 좀 위로해주면 안 되나? 내 동작을 살피며 이런저런 상상을 하더니, 나의 잘못된 손동작 때문에 다쳤다는 결론을 내리셨다. 보디보드를 잡을 때 팔꿈치가 보드에서 밖으로 빠져 있기에 보드가 내 코에 부딪친 거라며 팔 위치를 바꾸어야만 한다고 주장했다.

물론 그게 문제이긴 했다. 팔이 자꾸 빠진다. 하지만 요번에 다친 이유는 덕 다이브duck dive를 안 하려다 코를 보드에 부딪쳤기 때문이다. 물이 끓는 것처럼 지저분하고 높은 파도였다. 바다가 요란하니 덕 다이브를 하다 물만 잔뜩 먹었다. 배도 부르고 무섭기도 해 피하다 다쳤다. 내 상황을 이야기하니 우일이 대뜸 나보고 그럴 거면 보디보드를 타지 말라고 한다. 나처럼 타다가는 죽을 수도 있다는 거였다. 충고를 진심으로 듣지 않는다며 화를 냈다.

나는 우일의 충고에 자주 기분이 상한다. 충고가 아니라 비난으로 느껴지기 때문이다. 나는 늘 변명하는 상황이 되고 만다. 우일은 날 위해서 말해주는데 반론부터 제기한

다며 버럭버럭한다. 나는 대체 왜 자꾸만 반론을 제기하게
되는 걸까?

　더 잘하길 바라는 간절한 마음 때문에 안타까워 화를
내는 건 안다. 하지만 그냥 재미난 놀이까지 누군가에게 혼
나면서 가르침을 받고 싶지는 않다. 놀다 보면 이럴 수도
있고 저럴 수도 있다. 가르쳐주는 건 좋지만 혼나면서는 아
니다. 동등한 입장에서 알려주는 게 아니라 한참 어린아이
에게 야단치는 방식을 좋아할 사람이 있을까. 가르치려는
마음보다는 이해하려는 마음이 더 커야 내가 존중받는 기
분이 든다. 그래야 나도 반론 따위는 제기하지 않을 텐데.

이 원고는 빼면 안 될까!

67

서핑에선 보통 초보자 수업을 할 때 빼곤 한 파도를 나누어 타는 일이 없다. 위험하기 때문이다. 하지만 보디보드는 종종 한 파도에 여럿이 올라탄다. 그것도 보디보드가 즐거운 점 중 하나다. 가끔은 파도를 함께 나눠 타는 사람과 눈이 마주치는 경우가 있다. 그럼 자연스레 서로 웃게 된다. 같이 한 파도를 탔는데 옆 사람의 함성 소리가 들리기도 한다. 흥이 감춰지지 않는 종류의 사람이고, 나도 그런 사람이었다. 처음 파도를 타던 그날, 나도 모르게 저절로 소리가 터져 나왔다. 내가 그렇게 크게 소리를 내고 있는 줄도 몰랐다. 어느 날, 내 귀에 내 함성이 들렸다. 조금 창피하고 민망한 소리였다. 소리는 지르지 말자. 이제 그 정도는 감출 줄 알면서 파도 좀 타는 사람이 되자 싶었다.

홀라 친구 미셸이 같이 보디보드를 타자고 했다. 친구

와 같이 파도를 나눠 타니 좋다. 요즘 우일은 함께 바다에 와도 언제나 다른 곳에서 연습해 조금 심심했다. 나도 몇 번 그 월 안쪽에서 타보려고 우일을 따라갔지만 좀 두려웠다. 잘 타는 로컬도 많아 눈치 보랴 파도 타랴, 월 때문에 생긴 조류에 휩쓸리지 않으랴, 신경 쓸 일이 너무 많았다. 언젠가는 한번 가보리라 생각만 하고 있다.

파도가 오길 기다리며 미셸의 학교 생활에 대해 듣는 오후는 한가하고 여유롭다. 그녀가 해 지는 시간을 가늠할 수 있는 방법을 알려주었다. 손바닥을 가로로 펴 새끼손가락 아래 면을 수면에 올려두고 해와 수면의 떨어진 거리를 측정한다. 손가락 하나에 십오 분씩이라고 한다. 재보니 셋째 손가락에 걸쳐 있다. 사십 분쯤 뒤에는 하늘이 붉어지겠구나.

68

보디보드를 탄 날이면 언제 코에서 바닷물이 나올지 몰라 조심히 머리를 숙이게 된다. 보드를 탈 때 몸속으로 들어왔던 바닷물이 한참 지나 다시 코를 통해 나오기 때문이다. 보통은 타고 난 직후 머리를 숙이면 조르륵 코에서 미지근한 물이 흘러나오는데 한꺼번에 다 나오지 않을 때가 많다. 저녁 목욕 후 속옷을 갈아입다가도 조르륵, 자기 전 침대에 누워 책을 집어 들다가도 조르륵 나온다. 오늘은 아침에 카프카 밥을 주려고 고개를 숙였는데 어제의 바닷물이 카프카 등에 떨어졌다.

　어제 파도가 좀 세긴 했다. 그 덕에 물을 좀 많이 들이켰는지 하루가 지나서야 그 물이 나온다. 대체 이 바닷물은 내 몸 어디에 담겨 있다 이제야 나오는 걸까. 미로처럼 구

불구불한 뇌 사이사이 깊은 웅덩이에 바닷물이 고여 있었을까? 뇌의 주름을 상상하며 물길을 그려본다. 다음 날에야 흘러나오는 콧속 바닷물은 미끌미끌하고 뜨뜻하다. 바닷물이 아니라 뇌액이 나오는 끔찍한 기분이 들기도, 코피가 흘러나오는 불길한 기분이 들기도 한다.

#69

'결혼 이십 년째 해에는, 일 년 하와이에서 살아보기로 하고 실행에 옮겼다'라고 써볼까 하다가 피식 웃음이 났다. 왜, 누구에게? 이게 모두 SNS 때문이다. 결혼 십 주년, 이십 주년을 챙기는 사람들 덕에 나도 그런 생각을 하게 되었나 보다. 어차피 몇 년 떠돌기로 한 거 하와이에서 살아보자며 왔더니 올해가 결혼 이십 주년이 되는 해였다.

결혼식도 아무 이벤트 없이 그냥 둘이 가장 좋아하는 목요일에 하자며 날을 잡았었다. 가까운 성당에서 식을 올렸고 긴 신혼여행을 해보자며 편도 티켓으로 유럽행 비행기를 탔다. 신혼여행을 빙자해 마구잡이로 떠돌아 다녔고 그 여행이 늘어져 일 년을 떠돌았다. 생각해보니 지금도 똑같다. 별 생각 없이 짐을 싸서 포틀랜드로 갔다. 온 김에 하와이도 살아보자며 떠돌다 보니 사 년이 지나고 있다. 그때

보다 배포가 커진 건지 몸이 무거워진 건지 더 오래 머무르
고 있다는 게 달라진 점이다.

#70

감기에 걸렸다. 덕분에 나는 따뜻한 해변에 누워 책을 읽고
우일 혼자 보디보드를 타고 있었는데, 한 시간쯤 타던 우일
이 조금 상기된 얼굴로 올라왔다. 머리를 와이키키 월(와이
키키 해변과 퀸스 해변을 나누는 경계)에 부딪쳤단다. 왼쪽 어깨
에 연두빛 이끼가 묻어 있다. 모자를 벗어보니 머리 껍질이
벗겨져 덜렁거리며 피가 흐르고 있다.

"집에 가자. 피 나잖아."

"어떤데? 많이 안 좋아?"

"아니, 깊지는 않지만 오백 원짜리 동전만 하게 피부가
까져서 피가 흘러."

"에이 별거 아니네. 쫌만 더 타다 가자. 오늘 파도가 너
무 좋아!"

머리 껍질을 덜렁거리며 다시 바다에 들어간다. 좀비
같다. 파도가 유난히 좋기는 했다. 한일자로 넓고 힘 있게
들어오는 깨끗한 파도다. 파도의 간격도 적당해 가끔 쉬어

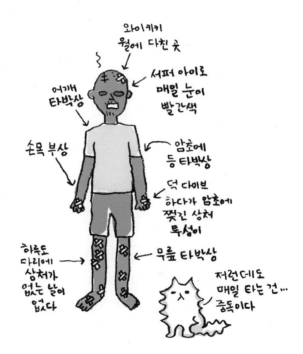

가는 시간도 준다. 감기에 걸린 나도 한번 들어가볼까 하는 마음이 드는 파도다. 우일은 한참을 더 타다가 물 밖으로 나오더니 어깨를 으쓱하며 말한다.

"이 정도는 도장이라고 생각해. 퀸스 해변에서 파도를 타도 된다는 확인 도장인 셈이지."

그렇다면 그는 도장을 너무 많이 받고 있다. 무릎의 상처는 없는 날이 없다. 상처가 아물만 하면 새로운 상처가 생긴다. 오십이 넘은 아저씨의 무릎치고는 너무 험하다. 이건 부랑자나 미취학 개구쟁이 소년의 무릎이다. 아무리 조심해도 꼭 암초에 긁히고 까진다며 피를 철철 흘리면서도 히죽거리는 우일. 이렇게 뭔가에 빠진 우일의 눈. 오랜만이라 반갑긴 한데 조금 걱정이다.

#71

이제 서울로 돌아갈 예정이다. 아직 반년이나 남았지만 삼년을 떠돌다 보니 갈 생각만으로도 머리가 아프다. 돌아가면 지하실에 처박힌 짐들의 곰팡이를 제거하며 정리를 해야 할 것이다. 가전제품도 없다. 십여 년 동안 사용하던 것들이라 버리고 떠났었다. 빌려준 집엔 여기저기 손볼 곳도 있을 것이다.

하지만 미리 걱정한다고 달라질 것도 없다. 그런 건 닥치면 생각하자. 지금 내가 살고 있는 곳은 이곳 이 순간뿐이다. 일단은 여기서나 잘 살자.

#72

바다에 떠 플라스틱 쟁반을 든 채 파도 기다리는 사람을 보았다. 각종 하이브리드에 최첨단 서핑보드가 매일같이 새로 등장하기에, 최신 보드일지도 모른다며 자세히 들여다보았는데 그냥 쟁반이었다. 학교 식당에서나 봤을 법한, 브라운 계열의 평범하고 네모난 플라스틱 쟁반. 눈이 좋은 편이 아니라 혹시나 하고 두 눈을 비벼 다시 제대로 부릅뜨고

보디 서퍼들은 보통 이렇게 생긴 소형 보드를 손에 끼우고 파도를 탄다

그런데 소형 보드 대신 플라스틱 쟁반을 이용하는 것

147

보았는데, 맥도날드 로고까지 찍힌 정직한 플라스틱 쟁반
이었다. 쟁반을 든 그녀는 진지했다. 그것을 들고 바다 한
가운데로 헤엄쳐 가 신중하게 파도를 고른다. 큰 파도를 본
그녀는 그 쟁반을 한 손에 들고 유유히 파도와 함께 해변
쪽으로 미끄러져 갔다.

#73
___

트럼프가 미국 대통령 후보가 되었을 때 설마설마했다. 자
격도 없고 능력도 안 되는 사람이라고 생각했다. 그 설마가
현실이 되었을 때, 미국이 싫어졌다. 잠깐 사는 거지만 이
런 나라에 괜히 왔다 싶었다. 그런 인간을 대통령으로 뽑은
미국인들이 제정신인지 의심스러웠다. 그저 미국인 모두가
트럼프는 아니니 좋은 것만 보다 가자 생각했다.

    그랬던 트럼프를 요즘 나는 북한 문제 때문에 은근히
지지하고 있다. 우리나라와 상황이 맞물려 있으니 트럼프
가 달리 보인다. 그토록 혐오스럽던 그가 어쩐지 말도 잘
하는 것 같고, 대찬 구석도 있어 보이다니. 나는 아무리 생
각해봐도 좋아하기 힘든 사상의 소유자를 좋게 보려 하고
있다.

    몇 년 전 자전거도로를 이용해 전국 여행을 하고 온 지

보도보도
신기한
캐릭터

인이 이명박 예찬하는 걸 들은 적이 있다. 주변의 모두가 이명박을 싫어하던 시절이었다. 그때 그 도로 하나로 이명박을 예찬하다니, 나는 그의 인격을 의심했다. 아무리 그래도 그거 하나로 모든 업적(?)을 '퉁치는' 건 좀 과하다 싶었다. 근데 지금 내가 딱 그 사람 모양이다. 북미관계 하나로 트럼프가 괜찮다고 생각하고 있다. 이민자, 제삼세계 사람들, 사회적 약자, 심지어 지구 환경까지, 모든 분야에서 자신의 이익만 챙기는 정책을 펼치는 트럼프가 잘되기를 바라고 있다니. 나는 참 간사하고 이기적이다.

#74

친구란 그냥 아는 사람과는 다르다. 나만 알고 있는 뭔가가

있다. 그런 특별함이 친구의 중요한 요소라 할 수 있다. 그런 의미로 포틀랜드와 호놀룰루는 내게 친구 도시다. 자주 가는 공원이 있고, 거기엔 내가 좋아하는 특별한 나무 그늘이 있으며, 넓은 해변의 모래사장에는 나만 알게 된 좋은 자리가 생겼다.

처음에 오아후 섬에 도착했을 때 모든 해변을 샅샅이 뒤지며 다닐 거라고 야심찬 계획을 선포했지만, 역시 우린 그런 활동적인 인간이 아니었다. 만날 가던 해변만 가고, 만날 가던 길로만 걷고, 만날 가는 식당에만 가서 먹던 음식만 먹는다.

새로 생긴 식당이나 멋진 가게는 관광객이 더 잘 안다. 나만 아는 냉이향이 풍기는 길모퉁이가 있고, 나만 알게 된 바다의 암초가 있으며, 나만 알게 된 파도가 잘 오는 장소가 있다.

그냥 깊어졌을 뿐이다. 친구처럼.

#75

'링반데룽Ringwanderung'이란 트레킹 용어가 있다. 산을 오를 때 방향감각을 잃고 같은 자리를 맴도는 현상을 말한다. 등반하는 이가 안개나 눈보라를 만나거나 피로한 상황일 때 나타난다고 한다. 자신은 앞으로 나아간다고 생각하지만 실은 동일한 장소에서 원을 그리고 있는 것이다. '환상방황'이라고도 한다.

우리 부부의 싸움도 꼭 링반데룽 같다. 상황이 안 좋아지면 벗어나기 위해 애쓰지만, 결국 다시 같은 자리다. 이럴 땐 즉시 방향을 재확인하며 휴식을 취하고 조건이 좋아질 때를 기다려야 한다는데, 나는 늘 그 지점에서 실패한다. 참고 기다리는 일에 서툴러 상황을 악화시킨다. 앞으로 가려고 발버둥치는데 제자리는커녕 뒤로 밀려난 것처럼 허무할 때가 또 있을까.

'아, 몰라, 몰라!'를 외치며 매사에 어리바리한 나에 비해, 최악의 결과를 늘 염두에 두며 미래를 가늠해보는 우일. 우린 둘 다 한쪽으로 과하게 치우친 사람들이다. 늘 둘이 합쳐야만 한 사람의 구실을 간신히 할 수 있다며 웃는다. 좋을 땐 그렇다.

며칠 전 베트남 국숫집에 갔다가 사이즈를 잘못 주문해 둘 다 아주 작은 어린이용 그릇에 든 국수를 받게 되었다. 우일은 내심 기대하고 갔던지라 그 작은 사이즈를 보더니 낯빛이 변했다. 내 것까지 먹어라, 난 딴 걸 시키겠다고 하는데도 얼굴이 일그러졌다. 그의 얼굴을 보니 어이가 없었

늘아가

다. 이게 그렇게까지, 얼굴이 변할 만큼 잘못된 일일까? 이런 건 웃어넘길 일 아닌가? 꼭 이런 식으로 초를 친다. 기분이 상했다. 고작 이런 일로 기분이 바뀌는 그가 싫었다.

어제는 잠자리에 누워 수다를 떨다 한국의 파도에 관한 얘기를 했다. 요즘 우일과 나누는 대화의 절반은 파도에 관해서다. 보디보드를 시작한 뒤부터는 바다에서도 모니터 화면에서도 늘 파도만 본다. 파도가 얼마나 높은지 저 파도를 잘 탈 수 있는지가 최대의 관심사다.

한국의 파도는 주로 봄, 겨울이 좋다고 한다. 언젠가는 우리 바다에서 보디보드를 타겠다는 우일은, 당장에 슈트를 챙겨 입고 차가운 영하의 바다로 들어갈 기세로 파도를 이야기하며 흥분했다. 나도 한국의 겨울 바다가 보고 싶기는 하지만 들어가기는 싫다. 난 추운 바다는 싫다는 말로 일관했다. 다운받아놓은 전자책을 고르며 파도 생각에서 멀어진 나는, 우일의 겨울 바다 이야기를 흘려들으며 책 속으로 빠질 준비를 했다. 내가 몇 번이나 싫다고 했는지 겨울의 추운 바다를 얼마나 혐오했는지는 모르겠다. 책을 고르며 무심코 '겨울 바다는 싫어!' '으 춥겠다!'라는 말을 추임새처럼 계속한 기억이 나긴 한다. 우일이 갑자기 성질을 냈다. "누가 너보고 타래?"

침대가 급 어두워지더니 캄캄한 동굴 속이다. 나는 이런 식으로 무방비 상태에서 우일이 감정을 주체하지 못할 때가 싫다.

식당에서도 잠자리에서도 모든 분위기를 확 바꾸어버린다. 늘 그놈의 '버럭' 때문에 우리는 싸운다. 평소 같으면 나도 함께 버럭버럭했겠지만 늘 그러다 더 크게 싸우게 된다. 헤매지 말고 휴식을 취하자며 마음을 가다듬는데 오히려 그가 더 미워지기만 한다. 잠을 자기 위해 부러 어려운 책을 집었더니 뜻 모를 활자만 시야를 채운다. 왜 나는 이렇게 화가 나는 걸까. 곰곰이 생각하니 그 안에서 나란 사람이 너무 적나라하게 보였다는 생각이 들었다. 그가 나를 무시해 화를 냈다고 생각했는데 무시는 나도 했다. 남편을

통해 나는 내 안의 날것을 본 것이다.《데미안》에서 싱클레어의 친구 피스토리우스가 한 말이 생각났다.

"우리가 어떤 사람을 미워한다면 그건 자기 안에 존재하는 어떤 모습을 미워하기 때문일 거야. 자기 안에 존재하지 않는 것은 결코 우리를 자극하지 않거든."

등 돌려 누워서 생각에 빠져 있는데 벌써 남편은 아무렇지 않은 듯 코를 골며 자고 있다. 쳇, 덕분에 성찰의 밤이 되어버렸다.

#76

요즘 우일의 기분은 보디보드를 잘 탄 날과 그렇지 못한 날에 의해 좌지우지된다. 잘 타지 못한 날은 몹시 우울한 얼굴로 하루 종일 괴로워한다. 뭐 저렇게까지 슬플까 싶지만 자나깨나 오직 파도 생각뿐인 그가 이해가 전혀 안 가는 건 아니다. 반대로 우일이 파도를 잘 타고 온 날은 시험 잘 본 초등학생 소년의 얼굴이다. 집으로 돌아와서도 계속 파도와 보디보드 이야기뿐이다. 파도가 어떻게 밀려왔는지 그걸 어떻게 신나게 잡아탔는지를 온통 의성어로 표현한다.

"'과아아아' 하고 오는 파도를 내가 '파파파박' 탔을 때 다시 파도가 내 머리 위로 '쿠쿠쿠쿵' 하고 떨어지더라고" 그런데 어찌된 일인지 나는 이 의성어 설명을 들으며 그 상황이 생생하게 상상되었다. 취미가 같으니 대화가 한결 단순해진다. 이러다 우리, 눈으로도 얘기할 수 있는 거냐?

창밖 풍경

바다

칼카 뒷모습

#77

우리가 지내는 집은 와이키키 해변에서 좀 떨어진 나후아 Nahua 길에 있다. 오래된 건물이 빼곡하고 온통 맨션과 쇼핑몰뿐인 곳이지만, 바다가 보인다. 고층 건물 사이사이 좁은 틈새로 저 멀리의 와이키키와 퀸스의 바다가 보인다.

보디보드를 타면서부터는 늘 그 건물들 사이를 실눈을 뜨고 바라보는 습관이 생겼다. 그 사이로 하얗게 부서지는 파도의 높이를 보며 그날그날의 파도를 가늠하기 위해서다. 앱으로 파도를 확인하지만 눈으로 예측하는 것도 중요하다. 파도 앱에서 좋다고 해도 막상 나갔다가 파도가 별로인 날이 한두 번이 아니었다. 앱에선 별로라고 해 기대 없이 나갔는데 좋은 파도가 올 때도 있다. 바다를 직접 눈으로 봐야만 파도를 제대로 읽을 수 있다.

요즘은 파도가 별로다. 며칠째 잔잔하고 힘없는 파도만 온다. 서울에 있는 친구랑 통화하다 여전히 바다에 자주 가냐는 질문에, 요 며칠 파도가 너무 없어 바다에 못 갔다고 하니 친구가 내게 재수없다고 했다. 바다를 언제부터 파도 높이 따지면서 들어갔냐며.

몇 달 사이 바다를 대하는 태도가 달라지긴 했다. 파도가 없으면 바다에 뭐 하러 가나 싶다. 영화나 뉴스에서 바다가 나오면, 어느 사이 뒷배경인 바다의 파도 높이와 세기, 바람을 확인하고 있다. 동해에서 파도에 휩쓸려 사고가 났다며 험난한 파도가 휘몰아치는 바다를 보여주는데, 그 파도의 높이와 질을 토론하고 있었다. 재수가 없다면 없다.

#78

흐린 날에도 바다에 가기 시작했다. 보디보드를 타기에는 해가 쩅한 더운 날보다는 구름이 많은 날이 더 좋다. 그런 날엔 래시가드와 모자를 벗고 맨몸으로 보드를 탈 수 있기 때문이다.

바람이 많이 부는 날이면 래시가드가 젖어 몸을 더 스
산하게 한다. 맨몸이 더 안 춥게 느껴진다.

구름이 많은 날은 배영을 한다. 하늘을 맨눈으로 바라
보며 둥실둥실 떠 수면에 부딪치는 바람 소리를 듣고 있으
면 바다는 우주가 된다. 눈을 감고 유영하다 빗방울을 맞기
도 한다. 대부분 산 쪽에서 날아오는 작은 빗방울이다. 흐
린 하늘과 뿌연 바다의 모호한 색감에 빠져 배영을 하다 보
면 모든 게 희미해진다. 하늘도 바다도 채도가 떨어져 경계
가 없어진다. 하늘이 바다고 바다가 하늘이다. 바다를 내가
날고 있다.

축축한 공기, 뿌연 구름, 뿌연 해. 그런 날은 바다에 사람도 많지 않다. 모호한 경계에 있는 모호한 우리. 파도를 기다리는 알 수 없는 시간들. 이 모든 것이 흐린 날 바다로 가는 이유다.

#79

쌀겨에 방음효과라도 있는 걸까? 호놀룰루에서 지내는 우리 맨션 천장에는 무슨 용도 때문인지 쌀겨를 섞어 페인트를 칠해놓았다. 천장이 우툴두툴 온통 거칠다. 처음엔 아무 문제 없었는데 날이 건조한 여름이 오니 페인트 조각이 하나둘 바닥으로 떨어지기 시작했다.

이 집이 오래되고 낡긴 했다. 베란다에서 부는 바람에 접착력이 약해진 걸까? 페인트가 묻은 울퉁불퉁한 흰 겨 입자가 계속해서 바닥에 떨어진다. 실수로 천장을 건드리기라도 하면 대책 없이 쌀겨가 우수수 머리 위며 바닥으로 쏟아진다. 부엌 찬장 맨 위 칸에 물건을 넣다가도, 옷장 꼭대기 칸에 옷을 정리하다가도 언제든지 겨울 기분을 낼 수 있다. 싸락눈처럼 소복이 머리에 쌓인다.

집주인에게 말하니 오래된 집이라 그렇다며 웃고 만다. 우리도 웃었다. 뭐 어쩌겠나. 집 전체를 뜯어 고칠 게 아니

라면 그냥 이대로 사는 수밖에.

언제 떨어질지 모를 페인트 가루를 잔뜩 머금은 천장 아래 누워서 자고, 그 천장 아래서 밥을 먹는다. 페인트 가루가 내 밥그릇에 떨어지지 않을지, 얼굴에 그 가루가 묻지는 않을지 수시로 감시를 하다 결국 관두기로 했다. 내일을 몹시 걱정하지만 그냥 오늘을 사는 것처럼.

#80
___
방학 시즌이다. 곧 은서가 온다. 이제 일주일 남았다. 떨어져 지낸 지 일 년이나 지났다니 시간이 정말 빠르다. 그런데 한 달 전부터 하루가 한 달처럼 더디게 간다. 기다리고 또 기다려도 아직 일주일이나 남았다. 몹시 보고 싶다. 만나면 이것도 먹이고 저곳도 데려가야지 하고 생각하다가 가슴이 다시 먹먹해졌다. 곧 헤어져야만 한다.

"삶에서 잃은 것은 아무것도 없다. 아무것도 잃지 않는다. 어떤 경우에도 '나는 이러이러한 것을 잃었다'고 말할 것이 아니라 '그것이 제자리로 돌아갔다'고 말하라. 그러면 마음의 평화가 시작될 것이다. 세상이 허락했기에 그대는 현재 이러이러한 것을 가지고 있다. 그것들이 그대 곁에 있는 동안 그것들을 소중히 여겨라. 잠시 머무는 여인숙의 방을 소중히 여기듯이."

《에픽테토스의 자유와 행복에 이르는 삶의 기술 Enchiridion》의 글이다. 기술이 필요하다.

#81

이제 이틀만 지나면 온다. 은서와 이렇게 오래 떨어져 지낸 건 처음이다. 유럽으로 대학을 지원하고, 그곳으로 떠나던 날 알았어야 했다. 은서를 뺀 나의 삶을 생각해봤어야 했는데, 헤어지는 날 너무 아무렇지도 않게 보냈다. 이삼 일 만에 돌아오는 학교 수련회 가는 딸을 배웅하는 엄마처럼 보이려고 했다. 지나고 보니 그녀 없이 굴러간 나의 일 년이 새삼 놀랍다.

하와이로 와 적응하느라 시간이 가는지도 몰랐다. 문득 정신을 차려보니 나와 우일과 고양이가 호놀룰루의 낡은 아파트 구석에 놓인 식탁에 앉아 천장에서 떨어질 가루를 신경 쓰며 밥을 먹고 있었다. 딸의 밥을 이십 년 가까이 챙기다 우리끼리 식사를 하니 허전은 했지만 간편했다. 남편과 나는 집에서 일하니 늘 밥 먹는 시간이 같았지만 은서는 아니었다. 난 딸 교육보다는 밥을 더 신경 쓰는 엄마라 열심히 음식을 해 먹였다. 식성이 까다롭지는 않지만 호불호가 분명해 나는 나름 은서를 위한 레시피도 개발했다. 요즘은 단조롭긴 하지만 편하다. 요리는 못하는 우일이지만 설거지와 뒤처리는 확실하다. 은서가 떠난 뒤에는 완벽하게 가사노동이 분업화되었다. 난 요리와 침실 정리, 우일은 설거지와 청소를 담당하고, 빨래는 같이 하고 같이 갠다. 사실, 조금씩 우일의 가사노동이 늘어 이제는

셋 모두 은서가 만들어준 밥그릇

두근

두근

두근

164

만족할 만한 가사를, 그러니까 나보다 조금 더 많은 가사를 분담하고 있다. 둘이서만 살게 되자 생활이 조금씩 달라지고 있다. 은서 없이 우린 다시 시작하고 있다. 우리가 다시 자라고 있다.

82

하와이 공항. 은서가 도착했다는데 입국 비자 문제로 두 시간이나 나오질 않았다. 우리는 내내 마음을 졸이며 기다렸다. 그렇게 만난 은서가 '노브라'로 해맑게 다가왔다. 우린 조금 당황했다. 우리의 반응을 읽곤 자신이 다니는 학교 분위기를 알려줬다. 네덜란드Netherlands에는 대부분의 여자 대학생이 노브라로 생활해 자신도 자연스레 브라를 벗고 살았고, 그랬더니 소화도 잘 되고 몸도 편해 세상이 달라 보이더라며 웃었다. 하지만 서울에도 가야 하기에 은서는 작심하고 브라를 몇 번 착용해봤다고 한다. 스스로도 서울 거리를 노브라로 다닐 수는 없을 거라 생각했던 모양이다. 하지만 오래간만에 착용한 브라가 너무 갑갑하고 불편해서 그냥 노브라로 살기로 했다며 헤벌쭉 웃어 보였다.

나와 우일은 상관없었다. 일 년 만에 만났는데 브라 따위가 뭔 상관이겠나. 늘 휴대전화 안에서만 보던 딸의 얼굴을 실제로 보고 만지니 그저 기쁘기만 했다. 마르고 긴 밋밋한 체형인데도 여름옷이 얇다 보니 언뜻 봐도 민망한 실루엣이 연출되긴 했다. 하지만 우리 눈에는 마냥 예뻤다. 뭐 그럴 수도 있겠다며 따라 웃었다. 드디어 은서가 왔다.

#83

은서와 있으니 하루가 한 시간처럼 빨라 어떻게 가는지도 모르겠다. 아침, 점심을 바로 전에 먹었는데 다시 저녁 고민을 하고 있었다. 은서는 안 본 사이 주량이 꽤 늘어왔다. 은서와 우일과 나. 셋이 앉아 게임도 하고 술도 마시니 모두가 친구다. 은서는 혼자 암스테르담Amsterdam에서 훌쩍 컸다. 혼자 있는 시간이 그녀의 마음을 자라게 했나 보다. 앞으로 또 다른 시간 동안 은서는 어떻게 성장할까.

성인이 된 딸을 낯선 곳에서 만나니 친구 같다. 아주 오랜 기간 공들여 친구를 만든 기분이다. 새로운 친구를 만나기 위해 우린 그토록 징글징글한 시간의 통로를 엎어지고 깨지며 함께 걸어 온 모양이다. 반갑다 친구야!

#84
***

은서는 물을 좋아하는 사람이 아니다. 바다는 그저 보는 걸로 만족한다. 젖는 걸 거부한다. 파도가 거칠면 겁부터 먹는 아이다. 우리는 바다라면 일단 무조건 뛰어드는데 부모와 달라도 너무 다르다.

은서가 바다를 보기만 하니 나도 은서 옆에 앉아 바다를 바라보게 된다. 만약 우리가 처음부터 포틀랜드가 아니라 하와이로 왔더라면 어땠을까. 어린 시절 은서도 바다에서 곧잘 놀던 아이였기에 우리는 바다가 있는 하와이로 오려 했었다. 그런데 하와이란 이야기만 들어도 감동할 줄 알았던 은서는 시큰둥했다. 여름만 있는 곳이라 싫지만 맘대로 하라며 자신은 어차피 유럽으로 대학을 지원할 예정이니 좋을 대로 하라고 했다. 포틀랜드로 정한 건 그래서였다. 이 년 동안 셋이 함께 만족하며 지낼 수 있는, 사계절이 있는 한적한 도시였다.

다시 만난 은서는 역시나 하와이보다는 우리와의 만남을 더 좋아했다. 햇볕을 오래 쐬면 머리가 아프고, 바다를 오래 보면 속이 울렁거릴 뿐 물에 젖고 싶은 마음은 없는

아이다. 여태 키운 나의 은서, 당연히 잘 알고 있다고 생각
했는데 내 딸을 그토록 몰랐다니. 은서에게 미안해졌다.

#85

요즘 바다에 소홀해졌다. 그렇게나 열심히 가던 바다에 일
주일째 나가지 않았다. 며칠 파도가 시원찮긴 했지만 파도
가 다시 좋아진다 해도 그냥 집에 있고 싶었다. 나는 은서
를 핑계 삼아 바다에 나가지 않고 있었다.

　우일은 다르다. 파도가 좋아지자 벌써 몇 번이나 바다
에 다녀왔다. 더 큰 파도를 꿈꾸는 우일은 여전히 맹연습
중이시다. 물속에 꼬꾸라지고 더 많은 물을 먹으며 여기

계속 스토킹중

저기 긁히고 있다. 오십이 넘은 남자의 무릎이라기엔 너무 험하다. 파도에서 구르다 생긴 우일의 상처들을 보면 나는 바다가 더 두렵고 무서웠다. 영화 〈패왕별희Farewell My Concubine〉에서 경극 학교가 너무 고되어 몰래 탈출한 아이들이 생각난다. 도망 나온 아이들은 시장에서 또 다른 경극 공연을 보게 된다. 한 아이가 공연을 보며 눈물을 흘린다. 얼마나 맞으며 연습했으면 저렇게 잘하냐며 말이다.

그는 매일매일 더 큰 파도가 오기를 바라며 바다로 간다. 파도와 단단히 사랑에 빠졌다. 그의 파도타기를 그저 지켜볼 뿐 나가지 않는 나 자신을 보니, 나는 여기서 실력이 멈출 거란 예감이 들었다.

86

은서는 서울에 들렀다가 다시 암스테르담의 학교로 돌아간다. 이 년 반이 넘도록 못 본 친지와 친구를 만나고 한국에서 꼭 처리해야만 할 일도 할 예정이다. 한국에서 나 없이 지낼 딸을 생각하니 어른을 만나면 인사 잘해라, 관공서에서는 이렇게 말해라, 이런 옷은 곤란하다 등등 사사건건 잔소리가 튀어나온다.

급기야는 한국에서 절대 입지 말아야 할 옷을 분류하기 시작했다. 외국에선 아무렇지 않게 입고 다니던 옷을 한국에서는 입지 말라니, 일관성 없는 부모가 되었지만 어쩔 수가 없다. 노브라로 다닐 은서를 생각하니 식은땀이 났다.

포틀랜드에서도 느꼈지만 이곳 하와이로 오니 복장이 더욱 자유롭다. 부자도 가난한 자도 다 헐벗었다. 가끔 눈에 뜨이게 멋을 낸 신혼부부나 젊은이들이 돌아다니긴 하지만 대부분이 여름 해변을 거니는 차림이다.

동네 슈퍼에선 비키니 복장에 맨발의 여인과 함께 장을 보기도 한다. 배 나온 아저씨가 럭셔리 매장 앞을 수영팬티만 입고 지나가기도 한다. 누가 봐도 속옷 차림이 확실한데 아랑곳하지 않고 바다에서 수영을 하는 아줌마도 있다. 뚱뚱한 여인도 비키니를 입고 백발 할머니도 레이스 소재의 끈 원피스를 입는 곳이다. 브래지어 따위 누구도 상관 않는다.

　덕분에 나도 두꺼운 허벅지를 드러낸 짧은 미니 원피스
를 입고 시장을 본다. 울룩불룩한 뱃살이 확연해도 스포츠
브라에 반바지만 입고 요가를 한다. 한국에서라면 절대 안
입었을 옷이지만, 더위를 피하기 위해 최대한 옷과 살이 닿
는 면적을 줄이게 된다. 시원할 수만 있다면 적당한 선에서
누구나 자유롭게 옷을 입는다. 하와이는 그런 곳이다. 은서
가 원한다면야 당연히 노브라도 상관없었다.

　걱정과 잔소리의 발단은 그 모습으로 딸이 한국에 도착
하는 걸 상상하는 순간부터였다. 딸이 서울에 머무는 기간
에는 아버지 제사가 겹쳐 예상보다 많은 가족들을 만날 것

이다. 은행과 병원, 그리고 동사무소에서 처리해야 할 일이 있어 관공서 출입도 잦을 것이다. 으아, 싫다. 서울에서 내 딸이 노브라로 어른들을 만나지 않았으면 했다. 그런 차림 새로 붐비는 지하철을 탄 딸의 모습은 상상하기도 싫었다. 딸에게 향할 야릇하고 못마땅한 시선을 차단하고 싶었다.

어느새 나는 융통성 없는 고등학교 학생주임 선생님처럼 복장 지적을 하고 있었다. 딸은 가슴에만 집중된 내 잔소리가 어이없는 듯했다. 복장은 알아서 할 테니 이제 브래지어 이야기만은 하지 말자고 못을 박는다. 이런, 내가 원래 이렇게나 꽉 막힌 사람은 아니었는데. 씁쓸하다.

#87

은서가 다시 떠날 채비를 한다. 가방을 꾸리며 자신도 여러 번 생각했다며 옷을 분류한다. 친지들을 만날 때는 이렇게 입을 거고 저런 옷은 아예 입을 수 없을 거라는데, 갑자기 서글퍼졌다. 십칠 년을 한국에서 생활했기에 딸도 직접 겪고 들어 잘 알고 있다. 한국에서 여자로 살아간다는 건 참 팍팍하고 힘든 여정이구나.

"근데, 엄마, 엄마도 브라 벗고 살아봐. 얼마나 편한데.

달라붙는 하얀 티만 피하면 괜찮아."

오십이 다 되도록 여태 나는 브래지어가 당연했다. 깜박 브라를 하지 않고 밖에 나가면 나도 모르게 가슴을 움츠렸다. 혹시 누구에게라도 들킬까 두리번거리며 돌아다녔다. 몇 년 전 어느 초저녁, 연희동 집 앞에서 노브라 차림으로 재활용 쓰레기를 버리다 뒷집 할아버지를 만난 적이 있다. 오랜만에 만났다며 이런저런 동네 이야기를 하시는데, 불편했다. 브라만 입었어도 반가웠을 그 할아버지와의 만남이 시간이 갈수록 어색했다. 날이 어둑해져 티도 안 날 텐데 혹시 알아챌까 어색한 대화를 나누다 집으로 뛰어 들어왔다. 앞으로 재활용쓰레기는 오밤중에 버리리라 다짐했었다.

브라를 입고 있는 내 모습이 내심 좋기도 했다. 작은 가슴이 조금 커 보여 옷맵시가 더 있어 보이기 때문이다. 난 작은 가슴이 늘 못마땅했다. 언제나 크고 봉긋한 가슴을 동경했다. 남자 같은 작은 가슴을 물려준 엄마를 원망하기도 했다. 엄마 때문에 내 딸에게도 납작한 가슴을 물려주게 되어 미안했다.

그런 가슴을 딸은 좋다며 감사해한다. 편하고 자유롭게 옷을 입을 수 있는 체형이라며 자신의 가슴 크기에 매우 흡

족해한다. 우리처럼 평평한 가슴은 노브라여도 티가 잘 안 난다며 오히려 내게 권한다. 헐렁한 실루엣에 가슴에 프린트가 있는 옷이면 더 감쪽같다며 팁까지 알려준다.

그녀는 민망한 실루엣 따위 애초에 존재하지 않는 삶을 살고 있다. 남들에게 예쁘게 보이려는 삶보다는 스스로가 먼저 편하고 자연스러운 삶이다. 그런 은서가 자유로워 보였다. 같은 여자로서 질투가 나도록 부럽다.

#88
___

요즘 내게 바다가 전과 같지 않다. 바닷물에 젖은 몸을 씻는 게 귀찮아 안 들어갈 때도 있다. 보디보드에 소홀해지기 시작했다. 그런 내게 우일이 서울에 갈 걱정 때문이냐고 물었다. 혹시 나중에 돌아가기 싫어질까 봐 지금부터 미리 바다에 정 떼는 연습중이냐며. 듣고 보니 그럴듯했다. 바다가 너무 좋아 혹시 나중에 떠나기 싫어지면 어떡할까 고민했던 적이 있다. 이 섬에 갇혀도 별 동요 없이 살 수 있겠다고 생각한 적도 있었다. 포틀랜드와는 달랐다. 하와이라면 더 길게 살아도 좋겠다. 바다가 그렇게 큰 의미로 다가올 줄은 나도 몰랐다. 하지만 둘 중 하나를 고르라면, 그래도 서울이 더 좋다. 보고 싶은 대부분의 사람들이 사는 곳이다. 사

파도 없는 날의 끝없는 기다림

안 나와?

랑하는 사람들과 같은 언어를 쓰고, 같이 나이를 먹으며 살
고 싶다.

89

아는 언니가 가족들과 함께 왔다. 하와이에 사니 친구들이
이렇게 실제로 온다. 포틀랜드에 살 때는 거의 아무도 오지
않았는데 여긴 벌써 몇 번이나 친구들이 다녀갔다. 앞으로
오겠다는 친구도 많다. 하와이는 한국과 가깝고 누구나 오
고 싶어하는 곳인가 보다.

언니가 한국에서 사온 고추장과 과자를 주며 덤으로 비
타민C 정을 주고 갔다. 그 덕에 입을 버리고 말았다. 그 자
극적인 비타민C 정을 이로 아작 깨 먹는 순간부터 그 맛
이 계속 뇌에서 사라지지 않는다. 새콤한 가루를 응집해놓

비타민 C

179

은, 씹으면 스륵 사그라지지만 단단함이 느껴지는 그 오묘
한 식감. 다시 그 식감을 느끼고 싶어 이곳의 마트를 뒤지
는데, 여기는 비타민C라고는 젤리와 푸석한 식감의 알약
뿐이다. 입맛만 버렸다. 제대로 된 물냉면만 먹으면 소원이
없겠다며 살고 있었는데, 이제 비타민C가 하나 더 추가되
었다. 위대한 물냉면과 비타민C 정이다.

#90

카프카는 실에 매단 공을 흔들어주는 놀이를 좋아한다. 하
지만 꼭 누군가 흔들어줘야만 논다. 혼자 매달려 있는 공을
스스로 가지고 노는 일 따위는 하지 않는다. 움직이지 않으
면 통 재미가 없는 모양이다. 그래봤자 늘
비슷한 공놀이인데, 날마다 그걸 매시간
해달라고 조른다.

"바보. 어떻게 그게 매일 하고
싶은 거냐?" 하다가 문득, 바다
에 매일 나가 파도를 타고
싶다는 우일이 떠올랐다.
혹시 매일 마시고 싶은 커
피 같은 걸까?

#91

은서가 떠났다. 이 주의 시간을 어찌 보냈는지 모르겠다.
은서와의 시간은 늘 순식간이다. 그 작디작던 꼬마가 어느
새 자라 제 갈 길을 가고 있다.

내 자식만 너무 빨리 자라는 느낌이다. 남의 집 자식들
은 생각보다 잘 안 크던데. 앞집에 사는 초등학생 아이는
한참 시간이 지난 후에 봐도 여전히 초등학생이고. 뒷집 고
등학생 아이는 아직도 고등학생이던데. 어째서 우리 애만
눈 깜짝할 새에 성인이 되어버린 걸까. 내 딸만 너무 빨리
자란다. 눈 깜짝할 새에 성인이 되고 말았다. 아쉽다.

#92

은서가 서울에서 잘 지낸다며 메시지를 보내왔다. 때에 따
라 브래지어를 착용하고, 가끔은 벗어던지며 자신이 선언
한 대로 요령껏 대처하는 모양이다. 서울이니 아무렇지도
않게 어떤 옷이든 마음껏 입지 못하겠지만 나름 노하우가
있나 보다.

친구들에게 은서의 노브라 얘기를 하니, 오래전부터 그
리 살고 있었다는 몇몇 친구들의 고백을 듣게 되었다. 전혀
눈치채지 못했지만 그들만의 자유로운 브라 생활이 이미

시행되고 있었다. 친구인 나도 몰랐는데 누가 알겠냐고 생각하니 마음이 편해졌다.

화장을 하지 않아도 스스로의 얼굴에 만족하는 사람이 있다. 자신의 삐뚤어진 덧니를 사랑해 일부러 교정을 안 하는 사람도 있다. 브래지어를 하지 않는 사람도 있는 것이다. 필수가 아니다. 선택이고 취향이다. 서로의 다름을 인정해주기만 하면 된다. 이수진의 소설 제목처럼 '취향입니다 존중해주시죠'라고 외치고 싶은 요즘이다.

은서의 조언대로 나도 슬쩍 브라를 벗어던지는 일상을 살고 있다. 벗고 살아보니 그동안 어찌 매일같이 착용했나 싶을 정도로 편하고 시원하다. 당연히 입어야만 하는 게 아니라 안 입을 수도 있는 일상으로 바꾸고 보니, 오랜 기간 갑갑하게 산 내 가슴에게 미안했다. 이리 쉽고 간단한 일이었는데 그간 공기도 잘 통하지 않는 곳에서 고생이 많았다.

하이힐을 신고 드레스를 입고 싶은 날이 있듯이 브래지어를 하고 싶지 않은 날이 생겼다. 잘만 입으면 아무도 눈치채지 못하는 선택형 브라 생활자로 살다 보니, 내 작은 가슴도 좋아지기 시작했다. 작은 가슴이 좋아지니 몸에 자신도 생긴다. 나이가 들어 새롭게 반하게 된 내 신체 부분이 생기다니, 노브라를 미리 실천한 세상의 모든 그녀들에게 감사하고 싶다.

93

하와이가 재난지역으로 선포됐다. 이십육 년 만에 다가올
대형 허리케인 '레인'이 엄청난 홍수와 산사태를 예고했기
때문이다. 하와이 지사는 주민들에게 최소 이 주 치의 물과
비상식량을 준비하라며 대피 장소를 공개했다. 학교와 관공
서는 문을 닫고 대부분의 상업시설도 영업을 중단했다. 빅
아일랜드Big Island 일부 지역은 비로 불어난 물에 차가 침
수되고 야생 닭이 헤엄치고 있다는 뉴스도 보도되었다. 그
에 비하면 여기 오아후 섬은 고요하다. 와이키키 해변 근처
의 상점과 식당들이 모두 문을 닫고 모래주머니로 작은 벽
을 세워 스산한 느낌이 들긴 하지만 전체적으로 조용했다.
요가 수업도 훌라도 모두 취소되어 심심한 마음에 장을 보
러 갔더니, 그제야 재난을 실감했다. 통조림 자리가 모두 비
어 있다. 물과 채소, 빵과 고기도 몇 개 없다. 관광 상품이라
늘 수북하던 초콜릿과 마카다미아넛 칸마저 헐빈하다. 허리
케인 탓에 할 일이 없어진 관광객까지 모두 다 마트로 모여
들어 물건들을 사재긴 덕분이다. 우리 너무 안일한 거 아냐?

94

다행히 이곳 오아후는 별 피해 없이 허리케인이 지나간다.

비만 살짝 내리고 바람만 조금 세졌다. 덕분에 늘 가는 퀸스 해변의 파도가 어느 때보다 높다. 요즘 한창 보디보드에 빠진 우일은 비만 오지 않는다면 아침 일찍 바다에 나가겠다며 벼르지만 어림도 없다. 없는 걱정도 만들어내 고민하는 사람이 그럴 리가 없다.

재난영화를 보면 등장하는 캐릭터가 있다. 지나치다 싶게 생각이 많아 예민한 우일 같은 사람들이다. 그들은 영화 초반부터 앞으로 다가올 재난을 감지하고 두려워한다. 주변에 그들의 불안을 예고하지만 무시당하곤 한다. 십중팔구 그들의 사회적이지 못한 성격 때문이다. 트로이Troy의 카산드라 같다. 덕분에 그들은 미친 사람 취급을 받으며 외롭게 방공호를 만든다. 묵묵히 그곳을 비상식량으로 채우며 비웃음을 사기도 한다. 세간의 비난 따위는 아랑곳 않고 자기 생각대로 밀고 나간다. 위기의 미래를 소신껏 준비하는 사람들이다. 영화에서는 이런 이들에 의해 안타까운 누군가가 구조되고 어지러운 세상이 구원된다. 재난영화니까.

하지만 명확한 정황을 무시하며 다가오는 죽음의 냄새를 대수롭지 않게 생각하는 사람도 영화에 등장한다. 재난을 대비하는 그들을 유난스럽다며 조롱하는 자들. 대부분 영화가 시작하고 삼십 분 안에 죽거나 사라질, 나 같은 사람이다.

나는 감사하게도 살면서 전쟁이나 큰 재난은 겪어본 적이 없다. 평온한 삶을 살아왔다. 나란 사람은 태풍이나 허리케인이 코앞에 닥치면, 그때 생각해보겠다는 안이한 사고방식의 소유자다. 고민을 미리 하는 건 시간 낭비라 생각한다. 우일 말대로라면 요행을 바라며 사는 사람이다. 그런 나와 달리 우일은 알 수 없는 이 세상이 불안해 늘 동태를 살핀다. 고민 없는 나 같은 사람을 한심하고 불쌍하게 여긴다. 그리고 아직 겪지 않은 재난과 암울한 미래를 구체적으로 상상해 준비한다.

나는 그런 우일이 더 한심하고 측은하다. 최악의 시나

리오를 써 스스로를 괴롭히는 사람이니까. 은서 초등학교 삼학년 때, 커다란 도끼가 집으로 배달되어 왔다. 정갈하게 깎은 나무 칼자루에 도끼날은 가죽 보호대로 쌓여 있는 폼이 고풍스러웠다. 하지만 길이가 내 허리까지나 오는 험악한 도끼는, 도심의 가정집에 필요한 물건이 아니었다. 구입 이유를 물으니 만약 극심한 추위로 빙하기가(갑자기?) 오면 뭐든 집의 물건을 닥치는 대로 부숴 땔감으로 만드는 데 사용할 거라고 했다. 우리 집은 나무 벽이고, 마당에 나무도 많으니 비상시에 이 도끼가 유용할 거라 했다. 그뿐만이 아니라며 덧붙였다. 가족을 보호하기에 법적으로 아무 문제 없이 소지할 수 있는 물건이 도끼라는 결론에 이르렀다고 했다. 비상시 도구도 되고 위협적인 무기도 될 수 있는 도끼 소지자가 된 스스로를 은근 대견해했다. 이해는 할 수 없었지만 비상사태를 대비하고 가족의 안전을 지키겠다는 그 마음, 아무래도 좋았다.

덕분에 우리 집에는 늘 비상용 구명가방과 비상약, 구호물자가 상비되어 있었다. 재난주의보가 들리면 우일은 언제나 비상용품을 정비했다. 호우주의보가 내리면 모래주머니까지 구입했다. 태풍주의보가 발생하면 라면과 물을 박스로 샀다. 추위를 막을 수 있는 알루미늄 담요가 들어있는 가방도 있고 비상용 태양열 조명등도 있다. 정수 필터

당시 모습

아빠 어디가?

가 장착된 빨대도 있었다. 구정물에 꽂아도 곧바로 마실 수
있는 물로 바꿔주는 신기한 정수 빨대였다.

　동네 친구들과의 술자리에서 어이없는 우리 집 사정을
푸념했더니 엉뚱한 결말이 나왔다. 재난경보 발생 시엔 우
리 집으로 모이자는 거다. 우일이 가진 생필품과 비상용품
으로 어떻게든 버틸 수 있지 않겠냐며. 결론이 좋다. 그러
기로 했다.

　이런 우일이 재난경보가 내린 바다에 나가겠다고? 속
으로 비웃으며 잠자리에 들었다. 밤사이 허리케인 바람 소
리는 일 년 가까이 듣던 그 어떤 하와이의 바람 소리와도

달랐다. 카프카도 무서워서 몸을 움찔거리게 만드는 그런 소리가 새벽까지 이어졌다.

내일은 늦잠이나 자야겠다. 바다에 나가는 날만 아침을 챙겨 먹는다. 보드를 잘 타려면 밥 힘이 필요하기 때문이다. 내일 아침엔 비둘기가 들어와도 깨지 않으리라 마음먹었다.

#95

새벽 바람 소리에 잠이 깨고 말았다. 깨보니 동도 안 텄는데 옆에 우일이 없다. 주방에서 달그락대는 식기 소리가 들리는 걸 보니 밥을 준비하는 모양이다.

밥을 준비한다고? 이 새벽에? 설마 바다에 나가겠다는 건가?

"지금 밥 먹어? 바다에 나가려고?"

"어. 비도 안 오잖아. 넌 안 나간다고 했지? 더 자. 오늘은 나 혼자 갔다 올게."

그가 바다에 간다. 보디보드와 오리발을 들고 허리케인으로 거대해진 무시무시한 파도를 타러 간단다. 아. 단단히 미쳤구나.

바다에 아무도 없으면 절대 타지 말라고 신신당부를 했

다. 신신당부라니, 이런 건 원래 내가 늘 듣는 쪽이었는데. 이번엔 반대다.

걱정이 되어 잠이 달아났다. 나도 바다 구경을 가겠다고 따라나섰다. 간만에 보드 타는 사진도 찍고 분위기도 살피자 생각했다. 그보다, 여차하면 말릴 생각이었다.

썰렁하고 무서운 아침 바다를 상상하고 나갔는데 로컬들이 떼로 모여 파도를 타고 있었다. 허리케인으로 학교도 쉬고 직장도 쉰다. 허리케인 덕에 거추장스럽던 관광객까지 빠진 바다다. 파도는 높고, 방해물은 줄었다. 파도를 타기 가장 좋은 시간이 찾아온 것이다.

해변에서는 해안 경비대의 방송이 계속되었다.

"절대 바다에 들어가지 마세요!"

로컬들은 방송을 비웃으며 신나했다. 그들은 모두 한껏 들떠 큰 파도를 기다렸다.

나는 관광객들과 함께 와이키키 방파제 위에서 파도 타는 우일을 구경했다. 구경꾼들은 파도 위로 뛰어드는 로컬들을 보며 한마디씩 내뱉는다. "햐! 허리케인이 오는데 정신이 나갔어!" 혀를 찬다. 내 생각도 그렇긴 한데, 우일이 저 바다에 있다. 이상했다. 결코 변하지 않을 거라 단정했던 게 변했다. 역시 사람은 함부로 판단할 수가 없구나.

파도를 타고 나온 우일과 집으로 걸으며 멀리서 우리 아파트를 올려다봤다. 베란다에 박스 테이프로 X자를 붙여둔 집이 여럿이다. 예전이었다면 우리도 저들 중 하나였다. 혹시 모를 태풍에 대비해 창문에 테이프를 붙이고 예비하는 사람들. 걱정돌이가 어떻게 그리 변한 것인지 물으니 우일이 말한다.

"지금보다 더 좋아지기를 바란다는 건 욕심이지. 아무리 생각해도 앞으로 내게는 지금보다 더 나은 미래가 없더라고. 시간이 가면 몸은 더 늙고 힘들어질 거야. 지구 환경도 더 나빠져 바다에 못 들어갈지도 몰라. 그래서 오늘에 더 충실하려고."

    역시나 이번에도 어두운 미래를 상상한 그였다. 성격은
그대로인데 삶에 대한 태도가 달라졌다. 그래, 바라던 바다.
아인슈타인이 말했다. 어제와 똑같이 살면서 다른 미래를
기대하는 건 정신병 초기 증세라고. 다른 미래를 원한다면
지금 여기, 바로 이 순간부터 다르면 된다. 우린 우리에게
주어진 가장 좋은 오늘을, 함께 살아가겠구나.

2018. 9.

#96

은서가 처음 네덜란드로 떠나고 우일과 둘만의 생활이 시작되자 조금 지루하고 심심했다. 은서 없이 둘만 있는 시간이 얼마나 잔잔하던지, 후추 빠진 요리처럼 허전하고 맹맹한 느낌이었다. 하지만 은서와 며칠을 보내고 다시 떠나보낸 지금, 둘만의 일상이 편하다. 무료함에도 묘미가 있다.

둘이서만 지내는 이곳에서 나는 노년의 기술을 터득하고 있다.

97

드라마 〈미스터 선샤인〉을 보고 있다. 조선의 마지막 무렵, 젊은이들의 삶과 사랑을 시대적인 사실에 버무려 만든 이야기인데, 시절이 암울해서인지 그들의 사랑이 애틋하고 슬프다.

바다 친구 스펜서가 요즘 뭐 재미난 한국 드라마 없냐고 묻기에 〈미스터 선샤인〉을 추천했다. 스펜서에게 시대 배경이 현대가 아니라 재미있을지 모르겠다며 드라마를 추천하다가 아차 싶었다. 일본계 미국인인 그에게 이 드라마가 나처럼 재미있을지는 장담할 수 없었다.

스펜서는 나보다 한국 배우를 더 많이 알고 오히려 내게 한국 연예 뉴스까지 전해주는 아저씨다. 사실 나는 그를 좀 멀리했다. 혼자 바다에서 느긋하게 수평선의 잔잔한 파도를 즐기고 있으면, 어느 틈에 다가온 그가 한국 드라마에 대해 수다를 늘어놓았기 때문이다. 별로 궁금하지 않은 이효리, 김병만의 이야기를 알아야 했다. 그가 보이면 슬금슬금 더 멀찍이 가 파도를 기다리곤 했다.

그러던 어느 날 아이유가 나오는 〈나의 아저씨〉란 드라마를 보았다. 스펜서가 전부터 추천하던 드라마였다. 그가 전할 때는 흘려들었는데, 소셜미디어 친구들의 추천으로 찾아보았다. 그 드라마를 울고 공감하며 보다가 스펜서가

생각났다. 이런 취향의 사람을 몰라봤다니 그동안 그를 귀찮아한 내가 부끄러웠다.

그 후 사죄의 의미로 바다에서 그를 발견하면 내가 먼저 다가가 인사를 한다. 같은 이야기를 감상하고 서로 의견을 나누는 일은 언제나 즐겁다. 우린 금세 드라마 친구가 되었다. 그는 〈미스터 션샤인〉을 보며 어떤 생각을 할까?

#98

주말은 바다에 확실히 아이들이 많다. 부모님을 따라 조금 먼 동네에서 온 아이들까지 다양한 소년소녀가 보디보드를 탄다. 퀸스의 와이키키 월은 보디보드의 바다다. 보디보드를 탈 수 있는 몇몇 해변을 가보았지만 여기만큼 안전한 곳

이 없었다. 파도가 몰려오면 아이들이 다 함께 파도를 쫓아 가는 모습이 돌고래 떼 같다. 얼굴엔 함박웃음을 피우고 파도가 몰아치는 곳으로 다 함께 떼 지어 움직인다. 바닷물에 젖은 얼굴들이 햇볕에 반짝인다.

스펜서는 바다에서 날 보자마자 신이 났다. 〈미스터 선 샤인〉을 영어 자막으로 보고 있는데, 이름이 모두 세 글자라 누가 누군지 헷갈려 두 번씩 보았다며 한가득 질문을 퍼 부었다. 하나하나의 스토리와 인물을 따져가며 묻기 시작했다. 나는 그에게 되물었다.

"그런데, 정말 너도 재미있어?"

그는 물론이라며 자신의 의견을 쏟아낸다. 일제강점기

이야기부터 위안부 할머니들, 땅콩 사건의 대한항공 일가, 트럼프와 김정은, 그리고 제주도의 예멘 난민 이야기까지. 그는 한국 드라마가 좋아서 한국 뉴스까지 듣는 열혈 한국 팬이었다.

나는 그의 조상이 일본에서 왔다는 이유만으로 그를 단정했다. 스펜서는 날 다시 부끄럽게 만들었다. 바다 위에서 그와 함께 당시의 일본을 비난하며 구한말 슬픈 조선의 역사를 이야기했다.

그렇게 그들의 생활을 상상하니 당시 조선인들이 지금의 '난민'이었다. 전쟁이나 재난 등의 이유로 곤경에 빠진 백성들. 그때 나의 조상들은 얼마나 참담하고 암울했던 걸까. 나라가 어지럽다는 건 집안이나 마음이 어지러운 것보다 얼마나 더 거대하고 침울하게 다가올까. 지구 어디에서나 같은 뉴스를 듣고 같은 드라마를 시청할 수 있는 이런 첨단 시대에도 전쟁이 나고 난민이 존재한다. 그 옛날 구한말과는 다른 이런 시대에 말이다. 그들이 느낄 상대적 상실감은 감히 상상도 할 수가 없다.

#99

샌디 해변에 갔다 왔다. 요즘 오아후의 거의 모든 바다가 잔잔한데 동쪽만 폭풍 영향권에 걸쳐 샌디 해변 쪽만 큰 파도가 오기 때문이다. 6에서 10피트까지 올라간다고 했다. 10피트라니 너무 위험하다. 무리라며 안 가겠다니 우일이 못 들어가도 구경이나 하자며 나를 꼬드겼다.

샌디 해변에 도착하니 역시나 파도가 크고 무섭다. 크기야 허리케인이 왔던 퀸스와 별반 다르진 않는데, 파도가 너무 해변 가까이에서 부서져 위험하다. 쇼어 브레이크shore break다. 큰 파도가 해안에 도착할 즈음에야 부서져 흙빛의 모래 파도를 일으킨다. 잘못하면 모래에 처박히기 좋았다. 보기만 해도 심장이 쪼그라드는 파도였다. 보디보드를 들고 그런 바다에 들어서니 해양 안전요원이 다가온다.

"너희 여기 와봤어? 처음이라면 조심해야 해. 목뼈가 부러지거나 등뼈가 나갈 수도 있다고!" 샌디 해변의 또 다른 별명은 '부러진 목 해변broken neck beach'이라더니 겁을 주신다.

난 엄두도 나지 않는데 우일은 오리발을 끼더니 보드를 들고 바다로 들어갔다. 곧 파도 꼭대기에서 뚝 떨어져 해변의 얕은 물 위로 내동댕이쳐지는 우일을 보았다. 바다는 계속해서 그를 모래사장으로 밀어냈다. 하지만 아무리 밀어내도 우일은 기어이 다시 들어가 또 꼬꾸라졌다. 바라보는 것만으로도 가슴이 벌렁거렸다. 이럴 때는 책이 최고였다.

어디서나 탈출시켜준다. 바다는 보지 않고 책에만 시선을 고정하니 아무렇지도 않았다. 활자가 주는 편안함. 잠시 샌디 해변의 무서운 파도와 내동댕이쳐지는 우일을 뒤로하고 다자이 오사무의 《인간 실격》을 읽었다.

"그나저나 자네 말이야. 여자 꼬드기는 건 이쯤에서 그만두지 그래. 더는 세상이 가만두지 않을 테니까."

세상이란 도대체 무얼 말하는 걸까요. 인간 집단을 말하는 걸까요. 그 실체가 뭐든 강하고 무서운 것이라고만 생각하면서 여태 살아왔습니다만 호리키에게 그런 소릴 듣고 나니 문득 "세상이란 자네를 가리키는 말 아닌가?"라는 말이 혀끝까지 나왔습니다.

그날 이래 나는 '세상이란 개인을 말하는 게 아닌가'라는 관념을 갖게 되었습니다.

한참 만에 우일이 더는 떨리고 힘들어서 못 타겠다며 나왔다. 이러다 혹시 죽는 건 아닐까 자신도 내내 걱정하며 탔다고 가슴을 쓸어내렸다. 얼마나 타고 싶었으면 그런 무서운 마음으로 그렇게 오래 파도 꼭대기에 떠 있을 수 있는 거냐. 누가 시키지도, 꼭 해야만 하는 일도 아닌데 저리 간절히 파도를 타고 싶어하다니. 간절한 그 마음이 조금 부러웠다.

#100
────────────────────────────────────
10월이 가까워오니 곧 가을이다. 말이 봄, 여름, 가을, 겨울이지 일 년 내내 언제든 낮에도 수영을 할 수 있는 곳에 있으니 시간의 흐름이 뒤죽박죽이다. 서울에선 자고 일어나면 낙엽이 지고 자고 일어나면 눈이 왔는데, 이곳에선 여름이 미묘한 온도 차이를 두고 이어지고 있다. 내가 알고 살았던 공간의 시간 흐름과 달라 어색하다.

매일매일 같은 하루가 반복되는 영화 〈사랑의 블랙홀

Groundhog Day〉의 빌 머레이의 기분을 알 것도 같다. 지루하고 따분해 마음을 들여다보게 된다. 사계절이 내게 이렇게나 의미 있는 것이었다니. 못 견디게 추운 겨울이 가야 봄이 아름답고, 지긋지긋하게 더운 여름이 지나야 가을이 시원한 것처럼. 우리 인생도 그럴지도 모른다.

#101
───────────────

바다에서 만나면 인사하는 사람들이 생겼다. 대부분이 나이가 지긋하신 분들이다. 바다를 주로 평일 오전에 가다 보니 젊은이들보다는 한가한 아저씨, 아줌마 들이다. 바다 한복판에 둥둥 떠 수영복 차림에 젖은 상태로 만나 인사를 나누면 알 수 없는 게 있다. 나이가 얼마나 많은지 뭍에서 어떤 분위기와 취향의 사람인지 전혀 예측할 수가 없다.

파도 위를 보디보드로 힘차게 달리던 남자가 해변으로 걸어 나오는데 곧 쓰러질 듯한 늙고 힘없는 할아버지였다. 바다에선 멋지고 노련한 왕처럼 보드를 탔는데 발이 땅에 닿는 순간 약하고 초라해 보였다. 얼른 뛰어나가 보드라도 거들며 부축해야 하는 건 아닌지 고민이 될 정도였다.

바다에선 수척했던 할머니가 땅 위에선 화려한 취향의 여인이었던 적도 있었다. 바닷물에 젖은 그녀의 자글자글

한 손등과 얼굴은 아무리 젊게 봐도 육십대였는데, 알고 보니 내 또래다. 이름은 줄라이. 프랑스에서 파도를 따라 이곳에 정착했다고 했다.

자외선이 무섭긴 하다. 태양이 피부 나이를 잡아먹는다. 서퍼는 대부분 자신의 나이보다 더 나이가 들어 보인다. 몸은 탄탄하고 젊어도 얼굴엔 주름이 가득했다. 하긴 할머니로 보이건 할아버지로 보이건 뭔 상관이랴. 누구보다 파도를 잘 타는데. 파도를 위해서라면 그깟 외모 정도는 포기할 수 있는 사람들이 진정한 서퍼다. 덕분에 나이는 들어 보여도 누구보다 활력이 넘치고 체력도 좋다.

102

줄라이와 친구가 되었다. 바다에서도 보고 훌라 수업도 같이 하지만 그냥 인사만 나누는 사이였다. 어느 날 훌라 교실에서 그녀가 반짝이 풀로 내 이름을 쓴 작은 지퍼백을 건넸다. 열어보니 우일과 나를 찍은 사진들이다. 드라마 〈하와이 파이브 오Hawaii Five-0〉 이벤트가 있던 날의 사진이다. 퀸스 해변 둑 위에 앉아 공연을 기다리다 카메라를 든 그녀를 우연히 만났다. 그녀는 우리 사진을 여러 장 찍었다. 둘이 웃는 게 너무 비슷하다면서 기분 좋은 웃음 소리를 내며 헤어졌다. 그날 찍은 사진을 인화한 것이었다. 요즘도 이렇게 사진을 건네는 사람이 있다니.

언젠가 프로 사진작가가 되고 싶다는 그녀는 서퍼다. 하와이 바다가 좋아 칠 년 전 프랑스에서 이곳으로 왔다. 남편을 만났고, 그 후 이곳에 정착해 식당에서도 일하고 신발 가게에서도 일했다. 지금은 호텔 청소 일을 하면서 서핑을 즐기는 에너지 넘치는 사람이다.

이곳 하와이에서는 정말 다양한 직업군의 사람들과 친구가 된다. 전직 소방서 하비를 알게 되었고 영어 수화 선생님 셰리도 알게 되었다. 사진작가를 꿈꾸는 줄라이는 늘 청소의 괴로움을 이야기했다. 하와이는 최저임금이 본토에 비해 낮다고 한다. 그에 비해 생활비는 본토보다 많이 든

다. 섬이기에 대부분을 공수해 와야 하기 때문이다. 큰 기업도 공장도 없다. 마트와 크고 작은 상점만 많은 관광지다. 현지인이 구할 수 있는 대부분의 직업이 서비스업인데 그 임금만으로는 살기 힘든 게 이곳의 현실이다. 줄라이는 청소하는 건물들을 가리키며 풍광이 진짜 좋은 아파트라며 아파트 주인처럼 당당하게 말했다. 와이키키 바다가 한눈에 보여 청소할 때마다 파도의 높이와 바람의 방향을 관찰한다며 자신이 서퍼임을 잊지 않는다. 그리고 사진작가가 되려면 더 많이 찍어야 한다며 항상 카메라를 들고 다니며 꿈을 위해 노력한다. 주변 사람들의 사진을 찍고 인화해 나눠주며 마음을 나눈다. 마트에서 집에서 먹을 저녁이라며 산 치킨 요리를 길에서 만난 노숙자에게 선뜻 건네는 따뜻한 사람이기도 하다. 그녀는 이렇게 사는 자신이 좋다며 어디서나 기뻐한다. 청소 일은 힘들지만 일한 만큼 벌 수 있는 자신을 사랑한다.

줄라이는 프랑스어로 줄리라고 한다. 한국어로는 7월이다. 나는 가끔 그녀를 '칠월이'라고 부른다. 칠월이를 보면 꿈이 있는 자와 없는 자가 얼마나 다른 삶을 사는지를 느끼게 된다.

#103

옛 물건들은 이야기를 건넨다. 때가 꼬질꼬질 낀 인형이 어떤 꼬마의 고민을 이야기한다. 빛바랜 원석 반지로 한 여인의 인생을 상상한다. 낡은 책상 서랍 뒤에서 발견한 은밀한 공간에서 누군가의 비밀을 그려본다.

질 좋은 새 물건이 넘쳐나는 요즘에도 구닥다리 허름한 물건들에 눈이 더 가는 이유다. 나는 가구며 식기, 장신구에 옷까지. 누군가 쓰던 중고 옛 물건들이 새것보다 좋다. 잘만 뒤지면 아름다운 물건을 싸게 구입할 수도 있다.

그동안 여러 빈티지 가게와 페어를 찾아다녔지만 포틀랜드처럼 크고 방대한 곳은 없었다. 본토의 소도시라 오래

된 물건이 널려 있어 선물 가득한 숲 속을 헤매는 기분이었다. 거기에 비하면 하와이 오아후 섬은 마당이다. 작고 아담하다. 하지만 취향이 분명한 누군가의 안뜰처럼 독특한 매력이 있다.

하와이의 물건은 대체로 알록달록하다. 좋게 말하면 화려하고 한편으론 유치하다. 옷에도 식기에도 장난감에도 하와이 특유의 일러스트가 아주 구체적으로 그려져 있다. 그중에서도 옛날에 하와이에서 만들어진 알로하셔츠의 그림이 유난했다. 고기를 잡으러 배를 타고 바다로 나가는 사람들. 그 앞 모래사장에서 훌라댄스를 추는 여인들. 서핑하는 사람을 바라보며 그물로 물고기를 잡는 사람 등이 그려

패피

있다. 셔츠에 말풍선이 어디 없나를 찾게 된다.

우일은 그런 알록달록한 오래된 알로하셔츠를 모은다. 입지도 않을 '옷'을 모은다니. 나라면 절대로 하지 않을 짓이지만 이해는 할 수 있다. 옷 위에 펼쳐진 그림들은 내가 봐도 재밌고 예뻤다. 우일은 원래 뭐든 재미나면 모으는 사람이니까. 하지만 하와이엔 이제 오래되고 멋진 알로하셔츠가 별로 남아 있지 않다. 그럴듯한 알로하셔츠는 이미 오래전에 이 섬을 떠났다. 옛 관광객에게 입혀져 본토나 다른 나라, 세계 곳곳에 뿌려졌기 때문이다. 그 덕에 우일은 다시 공식적으로 이베이를 이용한다. 여기 오면 안 하기로 했던 그 이베이를 알로하셔츠만 보는 목적으로 이용하기로 합의를 했다. 그런데 어느 날부턴가 집에 낡은 하와이 빈티지 핀도 보이고 오래된 하와이 인형도 도착한다. 하와이 열쇠고리도 하와이 스티커도 찾아내 사들인다. 곤란하다. 나도 예전에는 사랑했던 물건들이다. 당연히 지금도 보면 기분이 좋아지긴 한다. 하지만 그게 전부다. 갖고 싶지는 않다. 이제는 돈도 아깝고 집에 둘 공간도 없다.

우일은 그런 내가 안쓰럽다며 특별히 내 취향을 고려해 산 물건이라며 내게 건넨다. 그가 내가 좋아할 만한 물건을 나 대신 사 모으는 것이다. 그렇다면, 이 물건은 우일이 모으는 물건일까, 내가 모으는 물건일까. 내 책상 위에 놓여 있는 그 물건들을 보며 이건 누구의 물건인지를 생각한다. 우일은 가끔 날 철학하게 한다.

#104

여전히 우일에겐 바다에 나가 파도를 타는 일이 세상에서 가장 중요한 일이지만, 나는 점점 피곤해지기 시작했다. 역시 격렬한 운동은 나와 찰떡궁합이 아니다. 괜히 뭐 다른 일이 없나 이곳저곳을 기웃거리다 커뮤니티센터에서 코바늘뜨기를 배워보기로 했다. 이 섬에서 저렴하게 뭔가를 배우기에 거기만 한 곳이 없다. 할머니들이 주 고객인 점만 빼면 위치도 가깝다. 심심할 때 뜨개질을 배워 인형이라도 하나씩 만들게 되면 좋겠다는 생각으로 수업에 참가하기로 했다.

　짐을 뒤져 찾은 코바늘만 하나 달랑 들고 센터에 가니 코바늘 수업은 뒷마당이라고 했다. 뒷마당에 가니 정원 의자에 앉은 아시아계 할머니 한 분이 우아하게 뜨개질을 하고 계셨다. 나를 보자 처음이냐며 다가와 자신이 선생님이라고 소개하시는데 체머리를 앓으신다. 돌아가신 우리 할머니가 떠오르는 연세 지긋한 할머니다.

그 선생님이 내게 막 가르침을 전하려고 하는 순간 수강생 A할머니가 도착했다. 그녀는 나의 엄마 정도의 연세로 보였다. 그분은 대바늘로 목도리를 뜨고 있었다(음, 이거 코바늘 수업 아닌가요?). A할머니는 나이가 드니 하와이가 춥다며 목도리 뜨는 이유를 간단하게 설명했다. 그녀는 목도리를 거의 다 떴는데 마무리가 도저히 안 된다며 선생님께 마무리 단뜨기를 물었다. 그때 그 둘의 중간쯤 되시는 수강생 B할머니가 도착했다. B할머니는 코바늘뜨기로 레이스를 만드는데 정확히 무엇을 뜨고 있는지 스스로도 잘 모르는 눈치였다. 무슨 용도냐고 물으니 잠시 말을 멈추더니 곧 "예쁘잖아?" 하시며 레이스를 자세히 보여주셨다. 예쁘긴 했다.

일단 대바늘 마무리 단뜨기 기술을 가르쳐야만 하는 선생님은 내게 양해를 구하고는 수납장에서 책을 두 권 가지고 오셨다. 코바늘뜨기에 관한 책이었는데 1970년쯤에 발행된 잡지의 부록 같은 얇은 책자였다. 볕에 바래 흐려진 종이는 펼치면 바스러질 것처럼 얇았다. 선생님은 그 책을 보며 뜨고 싶은 아이템을 고르고 있으라고 권하셨다. 내가 그걸 뒤적거리는 동안 선생님은 마무리 단뜨기를 가르치기에 돌입했다. 선생님은 너무 옛날에 대바늘뜨기를 해 기억이 가물거린다며, 마지막 단을 앞뒤로 떴다 풀었다 반복했다. 그 모습을 보더니 수강생 B할머니는 유튜브로 대바늘 마무리 단뜨기 방법을 찾고 있다. 유투브를 찾는 폼이 종종 이렇게 모르는 것을 스스로 찾아 본 솜씨였다.

사실 나는 대바늘 마무리 단뜨기를 알고 있다. 포틀랜드에 있을 때 목도리를 떠봐서 잘 알고 있다. 하지만 나서기는 민망했다. 그냥 지켜보고 있는데 다들 유튜브를 보면서도 헤매기만 했다. 나는 유튜브를 같이 보다가 이제 막 알아낸 것처럼 마무리 단뜨기를 가르쳐드렸다. 나도 어서 가르침을 받고 싶었다.

선생님은 코바늘뜨기 기둥 세우는 법을 가르쳐주시더니 연습하라며 실을 건넨다. 이 정도는 나도 유튜브로 작년에 이미 배웠다. 뭔가 더 구체적인 물건을 뜨고 싶은데 시간을 보니 벌써 한 시간이 훌쩍 지났다. 기둥만 몇 개 더 세우다 수업이 끝났다. 선생님이 다음 주에 또 올 거냐고 물었다. "아, 글쎄요." 아마도 이 시간은 바쁠 것만 같다.

#105

요즘엔 바다에 나가면 내가 먼저 스펜서를 찾는다. 그가 보이면 멀리서도 신이 난다. 만나면 드라마의 명대사들을 서로 읊어가며 바다 한복판에서 조선의 정보를 교환하기 때문이다. 덕분에 말하고 싶은 영어 단어들을 미리 찾아보며 영어 공부도 한다.

오늘은 바다에서 파도는 안 타고 조선시대 이야기만 하다가 왔다. 남편은 수다만 떠는 우릴 보고 카페인줄 알았다며 놀린다. 〈미스터 선샤인〉이 곧 끝이 날 예정이라 더 수다를 떨긴 했다. 스펜서는 늘 성대모사를 곁들여 이야기에 흥을 돋우곤 한다. 그와 함께 마지막 결말을 상상해보니 아무리 생각해도 슬프기만 한 이야기다.

스펜서를 보면 괜히 미안했다. 잘 알지도 못하면서 꺼리고 피했다. 만날 연예인 이야기나 하는 한심한 일본계 아저씨라는 편견을 가졌었다. 다른 나라에서 살다 보니 이상하게 내가 먼저 사람들을 구분 짓는다. 누군가를 만나면 제

일 먼저 궁금한 게 그의 출신 나라다. 같은 백인에 파란 눈인데도 프랑스인이라고 하면 안심하고 아랍인이라면 미심쩍었다. 길에서 동양인을 마주치면 중국인과 일본인, 한국인을 가려봤다. 시끄러운 한국 사람을 길에서 만나면 같은 나라 사람처럼 보이기 싫어 입을 꾹 다물고 길을 걷기도 했다. 스펜서도 그래서 이제야 친구가 되었다. 바다 친구이자 드라마 친구다. 친구가 생기니 늘 가던 바다가 조금 더 넓어 보이고 파도가 더 재미있어졌다.

"즐거운 건 <u>스스로</u> 알 수 있지만 즐겁지 않은 건 <u>스스로</u>는 알 수 없을 거야. 왜냐면 세상은 원래 즐겁지 않기 때문이야. 저쪽 풍경을 봐봐. 즐거워 보이니? 하지만 내가 손을 흔들면 어떨까? 누군가 뭔가를 하기 시작하면 즐거워지는 거야." 만화 〈보노보노〉에 나오는 말이다. 내가 먼저 손을 흔들지는 않지만 흔들면 받아주는 사람이고 싶다.

2018. 10.

106

포틀랜드에서는 온라인 구매가 오프라인보다 편리했다. 오리건oregon 주라 소비세가 없었고, 본토라 '총알배송'에 우편 비용까지 무료이거나 저렴했다. 이베이나 아마존을 통한다면 원하는 물건은 뭐든 찾아 신속히 받았다.

하지만 여긴 태평양 한가운데의 섬. 온라인 택배 서비스에서 제외되거나 특별 옵션이 붙는 지역이다. 원하는 물건을 인터넷에서 찾아도 배달은 못 해준다는 메시지가 뜬다. 배달이 가능하면 배송료가 비싸다. 배송료를 지불하고 주문해도 지정된 날짜를 넘기기 일쑤다. 물건 도착 날짜를

우리 집은
택배를 좋아하는 넘이
둘이다

1
↓

2
↓

몰라 집을 비우면 쪽지만 남아 있다. 포틀랜드에서도 그런 적이 있다. 메모엔 보통 2차 방문 날짜와 시간이 적혀 있는데 여긴 다르다. 한 번 방문해서 없으면 가깝지도 않은 우체국에 맡겨둔다. 차를 몰고 지정된 우체국에 가야만 찾을 수 있다. 불편하고 번거롭다.

우일의 수집벽 때문에 여러 곳에서 온 다양한 우편물을 만나고 있다. 규격 상자에 스티로폼이나 뽁뽁이 비닐로 물건을 싸서 보내는 기본적인 정통파 포장이 가장 깔끔하고 간단해 보이는데 다 그렇게 보내는 건 아니다. 몇 번이고 사용한 흔적이 있는 재활용 상자에 완충제 대신 비닐봉지나 신문지들을 구겨 넣은 실속파도 있고, 아무렇게나 둘둘만 포장 위에 주소도 잘 못 알아보게 갈겨쓴 막가파도 있다. 한편, 포장지로 곱게 싸서 리본이나 실로 묶고 예쁜 감사 편지까지 넣은 로맨틱파를 보면 안의 물건이 뭐든 다 좋아 보인다. 며칠 전 우표로 마무리된, 그런 로맨틱한 소포를 받았다. 배송 스티커 한 장만 붙이면 간단하게 부칠 수 있는데 우표를 잔뜩 붙인 소포라니 박수를 보내고 싶었다. 우편 비용에 맞춰 우표를 사 하나하나 붙여야 하는 번거로움을 자처한 우편물이었다.

그걸 보니 나도 우표를 사용하고 싶어졌다. 정갈한 우

표를 붙인 우편물을 멀리 있는 이에게 부치고 싶었다. 은서에게 무언가를 보내보기로 했다.

#107

은서에게 뭘 어떻게 보낼까 생각하다 그림 카드를 샀다. 카드를 가게에서 산 기억이 없다. 우리 가족은 지금까지 서로의 생일이나 기념일에 각자가 직접 만든 카드를 주고받았다. 선물은 없어도 손으로 그리고 쓴 카드만은 반드시 만들기로 해 여태 그렇게 살고 있다. 이번이 특별한 기회다. 아무런 날도 아니니 평범한 관광용 그림 카드를 사 우표를 붙여 보내기로 했다. 은서가 요번 여름에 왔다 반한 껌도 두 개 사서 넣고, 어디에선가 도착한 플라스틱 빈티지 핀도 하나 넣었다. 우일의 잡동사니 수집품이 빛을 발휘하는 순간이다. 굴러다니는 모든 게 다 선물이 된다. 카드를 글로 채우고 리본을 묶어 우체국으로 향했다.

　우체국에 도착해 우표를 붙여 보내고 싶다고 하니 직원이 다양한 우표가 들어 있는 바인더를 가져온다. 디즈니 캐릭터부터 하와이 역사가 그려진 우표까지 다양했지만 원한다고 아무거나 고를 수는 없었다. 낱장 판매가 안 되는 우표도 있고, 너무 싸서 백 장은 붙여야 배송비에 도달하는 우표도 있다. 가격에 맞게 우표를 고르느라 시간을 끌어 미안해하니 우체국 직원은 천천히 맘껏 고르라며 다른 바인더까지 들고 나온다. 이곳 관공서의 느려터진 서비스에 똥 마려운 사람처럼 발을 동동 구르며 답답해했는데, 정작 내게 시간을 많이 주니 느긋하게 대접받는 기분이었다. 우표를 고르고 보니 풀이 없다. 침을 이용하는지 직원에게 물으니 요즘 발행하는 우표는 모두 스티커로 제작된다며 웃는다. 하긴 어떤 경로로 병균이 퍼질지 모르는 세상이다. 사람의 침은 위험할 수도 있겠구나.

그렇게 가게에서 산 카드와 작은 선물에 스티커 우표를 붙이고 암스테르담으로 떠나보냈다. 열흘 뒤 재밌어할 딸

의 얼굴이 벌써 기대된다. 앞으로 열흘간은 좀 입이 근질거리겠지만 참기로 했다. 궁금하면 뭐든 실시간 메시지로 물어볼 수 있는 시대에 편지라니 설렌다.

#108

우일의 막내 동생 부부가 놀러온다. 막내는 마흔 무렵에 늦은 결혼을 했다. 우리가 포틀랜드로 가기 전쯤 결혼을 했으니 이제 사 년째 접어들고 있다. 이제 신혼은 아니겠거니 했는데 아직은 신혼이란다. 우리나라 신혼 우대 대출 약관에 명시되어 있는 법적 기간이 오 년이라며 신혼임을 강조했다. 신혼인 막내 부부를 맞이하러 공항에 갔다.

이상하게 공항에서 누군가를 기다리는 일은 참 초조하다. 혹시 못 만나는 건 아닌지를 의심하며 기다린다. 은서도 그렇게 기다렸고 친구도 그렇게 기다렸으며 이제 막내 부부도 이렇게 기다리고 있었다. 단 한 번도 만나야 할 사람을 못 만난 적도, 와야 할 사람이 안 온 적도 없다. 출발을 했으니 당연히 도착할 것이었다. 정거장이 있어 어디서든 마음이 바뀐다고 내리거나 머무를 수 없는 것이 비행기다. 목적지까지 그냥 묵묵히 오는 비행기. 그런데도 불안하다. 다들 어찌 그리 쉽게 비행기를 믿고 사는 걸까? 그 큰 덩치로 하늘을 날아오는데 말이다.

　네가 오기로 한 그 자리, 내가 미리 와 있는 이곳에서
　문을 열고 들어오는 모든 사람이
　너였다가
　너였다가, 너일 것이었다가
　다시 문이 닫힌다

　〈너를 기다리는 동안〉이라는 황지우의 시. 작가는 민주
화를 기다리며 썼다는데, 나는 누군가를 기다릴 때마다 생
각이 난다.

며칠 전 은서에게서 엽서와 작은 선물을 받았다. 봉투엔 헤이그Hague의 한 갤러리에서 샀다는 엽서와 선물이 있었다. 엽서엔 우리가 보낸 소소한 소포가 당장 답장을 보내고 싶게 만들었다고 쓰여 있었다. 멀리 떨어져 있는 것도 묘미가 있다. 이렇게 서로 별 뜻 없는 안부 엽서를 주고받는 일은 잊고 살았던 즐거움이다.

"오늘날 나는 매일 열 통이 넘는 메일을 받고, 상대방은 모두 즉각적인 답을 기다리고 있다. 우리는 시간을 절약한 다고 생각했지만 실은 인생이 돌아가는 속도를 예전보다 열 배 빠르게 만들었다. 그래서 우리의 일상에는 불안과 걱정이 넘쳐난다."

유발 하라리의《사피엔스Sapiens》에 있는 글이다.

은서와 주고받는 편지에 재미가 들어 자주 우체국을 들락
거리다 신기한 커플을 만났다.

열 살 정도로 보이는 딸과 함께 소포를 부치러 온 가족
이었는데 아이와 아빠가 일본어로 대화를 해 일본 사람이
라 생각했다. 그런데 갑자기 "아니, 왜 나한테 짜증을 내고
그래?" 하는 여자의 한국어가 들렸다. 남자가 다시 뭔가를
일본어로 대꾸해 잘못 들었나 싶었는데 "아니, 그러니까,
이게 내가 잘못한 거냔 말이지!" 하는 여자의 한국어가 또
렷이 들렸다. 그들은 각자의 언어로 투덜거렸다. 여자는 한
국어로 화가 났고 남자는 일본어로 변명했다. 공공장소라
언성을 높이지는 않았지만 두 부부의 얼굴에는 불쾌함이
가득했다. 그 둘 사이에는 딸이 있었다. 딸은 주소 적는 종
이에 코를 박고 열심히 낙서만 하고 있다.

그 아이를 보니 어린 은서 앞에서 우리가 언성을 높여
싸우던 어느 날이 생각났다. 그때 은서는 어색하게 팔을 쭉
뻗더니 갑자기 엉덩이를 실룩였다. 은서는 그 험악한 분위
기를 바꿔보려고 음악도 없는 적막한 거실에서 팔랑팔랑
막춤을 추기 시작했다. 그날 이후 가급적이면 은서가 없는
곳에서만 싸웠다. 하지만 맘대로 조절된다면 그건 부부싸
움이 아니다. 공공장소에서도 식구들 앞에서도 때로는 싸

우기 마련이다.

각자 고유의 모국어를 가진 부부가 각자의 언어로 싸우고 있다. 서로의 모국어를 이해하고 알고 있다. 서로의 다름을 인정했기에 가능한 일이다. 각자의 말로 싸우고 있는 그들은 조화로웠다. 서로의 존재를 받아들이고 인정하지만 나를 버리지 않는 조화. 화합하는 건 같은 것과는 다르다는 공자의 말씀 '화이부동和而不同'이 이런 건가 싶다. 그나저나 관공서에서 왜 부인한테 짜증이나 내고 그러냐.

#111

콜럼버스가 대륙을 발견한 덕에 월요일(콜럼버스의 날)에 직장을 쉰다며, 미셸이 일요일 아침부터 보디보드를 타러 가자고 문자를 보내왔다. 줄라이와 미셸과 나. 홀라 교실에서 보디보드를 즐기는 셋이다.

하와이에서 나고 자라면 누구나 바다를 좋아할 것 같지만 꼭 그렇지는 않다. 홀라 교실에서 알게 된 사실인데, 하와이 사람이라고 다 수영을 즐기지 않는다. 수영을 싫어하거나 못하는 하와이안도 있고, 바다에서는 절대로 수영을 안 한다는 하와이안도 있다. 그런 이들은 대부분 바다에 트라우마가 있다. 사연인 즉슨 어릴 적에 아빠가 느닷없이 바다에 던져 죽을 뻔했다든지, 할아버지 낚시를 따라갔다가 상어나 해파리의 공격을 받은 것이다. 그들의 피부는 나보다 하얗다. 그들은 만날 때마다 너무 까매지는 내게 바다를 늘 조심하라고 경고한다.

일요일 아침 10시. 퀸스 해변에서 만난 우린 만나자마자 바다로 들어갔다. 친구들과 같은 파도를 나눠 타니 저절로 속도가 나고 소리를 지르게 된다. 평소에 민망했던 물 위에서의 포즈도 맘껏 연습하며 보디보드를 탔다. 파도를 기다리다 줄라이가 오늘 버스에서 만난 두 남자 이야기를 했다. 줄라이는 어떤 남자 둘이 버스에서 갑자기 노래를 부르고 춤을 춰 그들에게 버스에서 그러지 말고 '듀크Duke's'에 가보라고 알려주었다고 했다. 듀크? 듀크는 전설의 서퍼 이름 아니냐고 물으니 줄라이는 너도 듀크를 모르냐며 놀랐다. 그리고 하와이에 일 년을 살았는데 듀크를 모르냐며 당장 가봐야 한다고 말을 이었다.

듀크는 와이키키 해변에 붙어 있는 식당이다. 그곳에서 매주 일요일 '헨리 카포노'란 뮤지션이 공연을 하는데, 그 공연을 안 보면 하와이에 사는 것도 아니라며 호들갑을 떨었다.

집에 와 헨리 카포노를 검색해보니 하와이안으로 이곳에서 데뷔해 성공한 록 뮤지션이었다. 어릴 적 음악 교육은

Henry
Kapono

받지 않았지만 다섯 살 때 교회 성가대에서 노래를 했다며 자신의 음악 사랑이 얼마나 오래되었는지를 소상히 밝혀놓았다. 그는 수십 장의 솔로 앨범도 내고 많은 뮤지션들과 교감을 했단다. 근데 교감한 뮤지션이 무려 밥 말리, 존 레넌, 지미 핸드릭스, 스팅, 스티비 원더라고 그의 홈페이지에 나와 있었다. 황당하지만 믿고 싶었다. 유명 뮤지션들이 하와이에 휴가차 왔을 때 교감한 걸까? 줄라이와 함께 당장에 가보기로 했다.

#112

저녁 5시, '듀크'에 도착하니 줄라이가 웬 사내 둘과 함께 있다. 아침에 바다에서 이야기했던 그 버스에서 만난 남자들이란다. 줄라이는 호세와 제프리를 소개했다. 아침 버스에서 만난 그들을 듀크에 오는 길에 저녁 버스에서 다시 만났다는 거다. 그들도 나처럼 줄라이한테 주워듣고 듀크에

226

온 것이었다.

이곳을 잘 아는 줄라이가 음악에 맞춰 춤추는 사람들을 한사람씩 소개해준다. "노란 셔츠에 보라색 바지, 노란색 양말에 흰 구두 할아버지 보이지? 그는 여기 내가 올 때마다 보는데 늘 저렇게 쫙 빼입고 있지." 구십이 가까운 노인이다. "노래 부르는 저 여자는 헨리 카포노의 친구인데 자주 와서 라틴계 노래를 주로 부르지." 육십대의 할머니다. "자메이카에서 왔다는 저 친구도 낯이 익은데, 누구더라?" 내 나이 또래로 보이는 아저씨다. 줄라이는 어디서나 사람을 신나게 한다. 프랑스인인 그녀는 허리 수술로 걷는 법과 서는 법을 열여덟 살에 새로 익혔단다. 그래서 열여덟 살에 다시 태어난 것만 같다더니 나보다 열여덟 살은 더 젊게 살고 있다.

듀크는 좋았다. 공짜 공연이라 좋고, 작은 인연으로 함께한 사람들이 모여 더 즐거웠다. 게이 커플인 호세와 제프리는 결혼 일 주년을 기념하는 여행에 우리가 함께해 더 기쁘고 행복하다고 했다. 우리는 지는 해를 보기 위해 바닷가 모래사장으로 나갔다. 줄라이가 이 두 남자의 일 주년 결혼 선물로 훌라댄스를 보여주자며 신발을 벗어던졌다. 유튜브에서 하와이 노래를 찾아 볼륨을 키웠다.

휴대전화에서 흘러나오는 하와이 노래가 파도 소리에

묻혀 들릴락 말락 했고, 훌라댄스 순서는 제대로 기억나는
게 없었다. 그러거나 말거나 나와 줄라이는 모래사장에 맨
발로 서서 우리 맘대로 즉석 훌라댄스를 추었다. 호세는 잘
안 들리는 음악을 더 잘 들으라며 휴대전화를 우리 귀에 갖
다 대준다. 국적도 성취향도 언어도 다른 네 사람이 와이
키키의 석양을 바라보며 춤을 추었다. 줄라이와 나, 호세와
제프리. 우리의 하루가 저물고 있었다.

#113

컴퓨터가 며칠 이상하더니 시동이 아예 걸리지 않는다. 오
래된 컴퓨터라 자주 이랬다. 늘 말썽이다. 우일은 매번 수
리비만 더 든다며 노트북으로 갈아타라고 잔소리를 하지
만, 고치면 또 아무렇지도 않게 잘 돌아갔다. 쓸 수 있을 때
까지는 고치며 사용할 생각이다. 동네 컴퓨터 수리 업체에
가니, 아저씨가 혹시 백업은 받아놓았는지 물었다. 그럴 리
가. 내가 그렇게 준비성 있는 사람으로 보이는지 되묻고 싶
었다.

아저씨는 정말 미안하지만 장담할 수 없는 상태라며 어
두운 얼굴로 말했다. 일단 복구 프로그램을 돌려보긴 하겠
지만 결과는 알 수 없다며 중요한 게 있냐고 확인했다.

중요한 거? 중요한 게 아니라 거기엔 나의 모든 게 들어 있다. 십여 년 동안 내가 일한 자료. 여태 찍은 사진. 그리고 앞으로 할 일과 일 년 동안 쓴 글. 그리고 스토리가 생각날 때마다 메모해둔 작은 동화 원고 등이 고스란히 들어 있다. 전체가 다 중요하고 필요했다. 다리에 힘이 풀리고 쓰러질 거 같았다.

요즘엔 바다에 빠졌던 노트북의 데이터도 복구할 수 있는 시대라고 우일이 위로하는데 곧이들리지 않았다. 서울이 아니라 하와이다. 이런 말을 전할 때 자기 직업이 가장 싫어진다는 그 컴퓨터 아저씨의 암울한 얼굴만 자꾸 떠올랐다. 못 살릴 수도 있으니 각오는 하고 기다려라. 여기서 못 하면 돈이 좀 들긴 하겠지만 본토로 보낼 수도 있다. 그쪽의 성공률은 팔십 퍼센트다.(아, 백 퍼센트라는 헛된 희망은 절대로 주지 않는다) 내가 복구를 못 해도 끝은 아니니 일단 행운을 비는 손가락 꼬기나 하며 기다리라 하신다.

손가락을 꼬고 운전하고, 손가락을 꼬며 시장을 봤다. 그리고 퀸스 해변으로 갔다. 가장 좋아하는 바다에 가서 기도를 해야겠다고 생각했다.

보디보드를 요즘 통 못 탔다. 보드에 엎드려 천천히 바다 표면에 입을 맞추며 컴퓨터 복구를 기원했다. 하다하다

내가 별짓을 다한다는 생각이 들었지만 믿을 건 바다뿐이었다. 파도를 탈 때마다 컴퓨터의 안녕을 기도했다. 신성한 마음으로 보디보드에 올라 파도를 탔는데 역시 타다 보니 경건함은 금세 사라진다. 고민하고 기도하기엔 적절하지 않은 스포츠다.

집으로 돌아와 경건한 마음으로 요가를 하며 다시 기도를 했다. 그런데 요즘 팔이 아파 요가가 힘들다. 왜인지 어깨 아래, 오른쪽 팔이 아파서 뒤로 넘기질 못하고 있다. 이러다 낫겠지 하며 약도 먹고 연고도 발랐는데 나을 기미가 없다. 내 팔도 전문가의 처방이 필요한 걸까? 일단은 컴퓨터 복구나 기도하자.

#114

호놀룰루에 놀러 온 친구 정신에게 오일 풀링에 대해 들었다. 인도India 아유르베다Ayurveda식의 오일 디톡스인데 식물성 오일을 십오 분 동안 입에 머금고 이리저리 굴리다가 뱉는 게 전부다. 그녀는 오일 풀링을 하고 나면 입안에 나무를 백 그루 심은 기분이 되어 아무한테나 뽀뽀를 하고 싶을 정도로 상쾌하다고 했다. 입냄새는 물론이고 잇몸까지 다 세척한 기분이라며 기름때가 낀 프라이팬을 예로 들

었다. 기름때는 기름으로 먼저 닦은 뒤에 세제를 사용해 씻어야 완전히 깨끗하게 닦을 수 있다. 이와 잇몸도 마찬가지라고 했다. 그녀를 보내자마자 해보니 믿을 수 없이 입안이 뽀드득거렸다. 당장에 엄마에게 전화를 걸었다. 오일 풀링을 설명하니 몇 년 전에 엄마가 이야기할 땐 별 감흥 없이 듣더니 왜 이제야 호들갑이냐고 물었다. 그러고 보니 기억이 났다. 이상한 민간요법이라며 무시하고 시도도 안 했다. 누가 어떻게 말하는지가 이렇게나 다르다. 정신 덕에 하게 되었다. 그녀는 남을 믿게 하는 말투를 가지고 있다. 뭐라도 믿게 할 수 있는 능력을 가진 사람이다. 정신에게 감사의 메시지를 전했다.

2018. 11.

115

이상하게 계속 오른팔이 아파서 팔을 등 뒤로 넘기지 못하고 있다. 혹시 파도를 타다가 부딪친 적은 없는지, 언제 넘어진 적은 없는지 곰곰이 생각해봐도 기억할 만한 게 없었다. 통증은 진통소염제를 먹으면 좀 가라앉았지만 그때뿐이었다. 통증 완화에 좋다는 리도카인lidocaine이 함유된 연고를 발라도 나아지는 기색이 없었다. 그러다 아침에 손끝이 저린 채로 잠에서 깬 후론 겁이 났다.

미국 병원은 가고 싶지 않았다. 이곳 병원에서 엑스레이를 찍기까지 걸리는 시간과 치료비용을 생각하면, 다른 방법을 찾아보는 게 나았다. 서울에서는 늘 한방병원을 찾았는데 하와이에서도 이런 증상을 치료할 수 있을까?

하와이 친구들에게 내 상황을 설명하니 역시나 병원은 아무도 권장하지 않는다. 줄라이가 '나나'를 소개해줬다. 구십이 넘은 하와이 할머니인데 영험한 능력으로 통증을 치료하는 마사지 전문가라고 했다. 자신도 이 년 전쯤 심한 허리 통증 때문에 만났는데, 몇 번의 마사지로 괴롭도록 아팠던 허리가 말끔히 나아 지금까지 멀쩡하다고 했다. 당장 나나에게 전화를 걸어보니 올 초에 돌아가셨다. 친구들이 다른 마사지사를 알아보자고 해서 그만두자고 했다. 차이나타운에 가서 침이라도 맞아보면 나을지도 모른다.

　한국 마트에서 집어온 〈2018년 하와이 교차로 블루북〉 광고 안내 책자를 뒤적였다. 한국인이 많은 곳이니 한의사가 서너 명 쯤은 나와 있을 것이다. 그중 '느낌'이 오는 한 명을 고를 생각으로 책을 펼치니 너댓 페이지가 모두 한의사의 전화번호다. 종합한방병원도 있고 작은 침술원도 있다. 심지어 하느님의 이름으로 치료하는 한의사도 있고, 기氣와 신神을 이용하는 한의사도 있다.

　하와이에서 칠 년째, 아이까지 키우며 살고 있는 친구 희정에게 문자를 했다. 그녀라면 분명 솜씨 좋은 한의사 한 명 정도는 알고 있을 것이었다. 그녀는 내 질문에 대뜸 어느 쪽 팔이 아프냐고 물었다. 한 사 개월 전부터 오른팔이 아프더니 지금은 원피스 지퍼도 못 내린다고 했더니 대뜸 남편이 속을 썩이는지를 물었다. 신경성이 아니냔 거다. 신경성 통증이 맞는 것 같기도 했다. 우일 말고 요즘 신경 쓰이는 일이 생기긴 했다. 아무리 되짚어 생각해도 가족 같은 사람이었기에 관계 정리가 되질 않았다. 심란하고 괴로웠다. 신경성이라는 말에 공감했다.

그녀는 보험이 적용되는 곳과 안 되는 곳이 있는데, 보험이 안 되는 곳의 하와이안 의사가 그녀 엄마의 이십 년 된 통증을 두 달 만에 완치했다고 덧붙였다. 그렇다면 당연히 완치된 쪽이지. 병원 이름은 '몸과 마음의 해결책mind and body solution'. 진료 과목은 카이로프랙틱 Chiropractic. 진료를 받아보기로 했다.

#116
___

약속을 잡고 병원에 갔다. 카이로프랙틱 의사는 우선 날 앉히더니 요즘 스트레스받는 관계나 일이 있냐고 물었다. 있기는 하지만 통증과는 무관하게 느껴졌다. 문제의 인간관계로 마음이 어수선해진 건 한 달도 채 안됐다. 나의 팔 통증은 이미 네 달 전에 시작되었다. 몸은 훨씬 전부터 아팠으니 상관없지 않느냐 물으니 의사는 더 깊은 이야기를 하자고 했다.

한참 의사와 이야기를 나누다, 그 문제의 인간관계가
어쩌면 네 달 전부터 시작되었을지도 모른다는 생각이 들
었다. 누구나 어떤 관계가 어느 날 갑자기 하루아침에 무너
지지는 않는다. 뭔가 석연치 않은 구석들이 쌓이고 의심이
들 만한 사건들이 생긴다. 결정적인 그날은 어느 날 갑자기
닥친다. 아주 사소한 말 한마디가 그동안의 의구심을 사실
로 만든다. 그 순간 무언가가 '팍' 하고 끊어지는 게 느껴졌
다. 굵은 밧줄이 썩고 문드러져 간신히 몇 개의 얇고 가는
실로만 이어져 있다가 힘없이 끊어진 느낌이었다. 너무 쉬
워 아프고 슬플 틈도 없었다.

곪고 삭아 끊긴 관계는 처음이었다. 하긴 곪고 삭으려

면 이만한 시간이 필요했겠다. 나이가 들어 여기저기 팔다리가 쑤시는 통증은 결국 다 스스로가 만든 것일지도 모른다. 어제 미셸 투르니에의 《외면일기Journal Extime》를 읽다 무릎을 치며 적어놓았다.

"이번에는 좌골 신경통이 왼쪽 다리를 따라 허벅지를 고문한다. 내 몸뚱이는 제 역정을 토해내기 위해서 또 무엇을 지어낼지 알 수 없다. 어느 날인가는 결국 죽음을 지어내겠지."

#117

요즘 퀸스의 파도는 평평하다. 겨울의 오아후 남쪽 바다는 파도 없이 잔잔해 보디보드는 탈 수 없는 바다가 되었다. 북쪽으로 가야 괜찮은 파도를 볼 수 있다. 우일은 파이프라인을 가고 싶어했다. 파이프라인이라니. 겨울이면 무시무시하고 거대한 파도가 생겨 세계서핑대회도 열리는 곳이다. 팔 상태도 안 좋아 어차피 탈 수 없는 나는 운전이 좀 피곤하고 귀찮았다. 그렇다고 달리 할 일도 없다. 침대에 눕지 말고 모래사장에 누워 책이나 읽자는 마음으로 도시락을 쌌다. 한 시간 정도면 그곳에 갈 수 있다. 도시락에 맥주까지 싸들고 차에서 들을 음악 리스트를 준비해 고속도로를 달렸다.

11월이라 에어컨을 틀지 않아도 밖에서 알맞게 시원한 공기가 들어오니 상쾌했다. 며칠 전 〈보헤미안 랩소디 Bohemian Rhapsody〉가 개봉했던데, 오랜만에 퀸 노래를 최고 볼륨으로 틀고 하와이 99번 국도를 달렸다. 일차선 도로가 구불거리며 뻗어 있는데 양쪽에 줄지어 있는 커다란 나무들 덕에 몽롱한 꿈길처럼 느껴지는 길이다. 구름이 몽실거리는 하늘 아래 건물도 집도 없는 벌판을 계속 달리다 보면, 차가 이대로 하늘로 날아갈 것만 같았다. 평일이라 차도 없는 이 길을 독차지하고 달리니 천국이 뭐 별거냐 싶다.

자전거 타는 걸 좋아한다. 두 손을 다 놓고 탈 정도로 잘 타진 않지만 한 손 정도는 놓고 탄다. 나는 평범한 쌀집 자전거가 제일 편하다. 산악자전거나 사이클, 외발자전거는 전혀 탈 마음이 안 생긴다. 그저 자전거를 탈 수 있는 상황과 그 길들이 좋다.

보디보드도 자전거만큼 좋아하게 되었다. 큰 파도를 혼자만 탄다며 미안해하는 우일과 파이프라인으로 가는 지금. 나도 함께 타지 못해 섭섭하긴 하지만 좋다. 온전히 둘이서 즐거워할 새로운 취미가 생겼다.

큰 파도를 처음 타본 우일은 겁난 만큼 더 좋았다며 상

기된 얼굴로 바다에서 나왔다. 큰 파도라 한번 휩쓸릴 때마다 죽음을 생각했다는 우일. 그의 표정은 어느 때보다 충만해 있다. 거대한 파도가 있는 그곳에 들어가기 전과는 다른 삶을 살게 될 얼굴이다. 우리가 하와이로 온 이유는 이거였다. 앞으로 우린 다른 삶을 살게 되겠구나. 멋도 모르고 이 섬에 오길 잘했다는 생각이 든다.

<u>2018. 12.</u>

118

홀라 스승 쿠무가 우리 수강생을 모두 자신의 집에 초대했다. 홀라 가족의 전통적인 연말 파티다. 학생 모두가 참석했으면 좋겠다며 한마디 덧붙였다.

"내 학생들만 초대한다. 너의 남편이나 너의 또 다른 가족은 아니다. 오직 '너'만 오라."

예전에 가족들도 맘대로 데리고 오라고 한 적이 있었는데, 가족과 함께 온 '너'는 내가 알던 '너'가 아니었다며 내가 아는 '너'만 왔으면 좋겠다고 강조했다. 남편과 함께 달라지는 당신, 자식과 함께 달라질 당신은 안 왔으면 좋겠다는 말이었다.

우린 관계 속에서 역할이 달라지곤 한다. 엄마가 되기도 하고 아내나 딸이 되어야 하는 시간도 있다. 홀라 교실에서 우리는 춤을 배우려는 학생이다. 그런 나만 초대된 연말 파티다.

쿠무

삼 주째 카이로프랙틱 치료를 하고 있다. 아직은 잘 모르겠지만 내 통증의 원인을 조금 더 구체적으로 알아가고 있다. 이를테면 인간관계 하나만으로 내 팔의 통증이 생긴 건 아니라는 사실.

은서가 이곳에 왔다 간 뒤 부쩍 딸의 부재를 실감했다. 은서가 원하는 학교로 떠날 때만 해도 그저 긴 여행을 떠나 곧 다시 예전처럼 같이 살게 될 거라 생각했지만 그건 사실이 아니었다.

은서는 이제 그녀만의 독립된 삶을 시작했다. 다시 우리 품으로 돌아오는 일은 그녀가 힘들고 지칠 때뿐일 것이다. 어려서 함께 지내던 때처럼은 영원히 돌아갈 수 없다는 사실을, 치료를 하며 깨달았다. 은서는 우리에게서 분리되었고 내 마음은 이제야 그걸 알아챘다. 그런데 몸은 이미 알고 있었다. 은서와의 헤어짐을 감지하고 통증을 유발시킨 것이었다.

이런 저런 일이 생기고 내가 아프기까지 하니 우일과 많은 이야기를 하게 된다. 우린 서울을 떠나 지낸 지난 몇 해 동안, 오랜 시간을 공들여 싸우고 조율했다. 그래 봐야 둘뿐이었다. 둘만 남은 길에서 헤매고 넘어지며 서로의 가치를 확인했다. 앞으로 우리가 살아가야 할 방향을 깨닫는 과정이었다. 잃은 게 있으니 얻는 것도 있었다. 안개가 조

금은 걷힌 기분이었다.

얼마 전 넷플릭스로 스탠딩 코미디 〈크리스 록의 탬버린Tamborine〉을 보다 유익한 부부 관계의 팁을 들었다. 그는 부부는 평등한 관계가 아니라 서로 존경하는 음악 밴드 멤버 같아야 한다고 했다. 가끔은 멋진 리드 보컬이기도 하지만 누군가는 옆에서 탬버린을 쳐주어야 한다고 말이다. 그리고 탬버린을 칠 때는 확실히 폼 나고 신나게 흔들어주는 게 결혼을 잘 유지하는 비결이라고. 흔들기 싫은 얼굴로 친다든지 치다 말다 할 거면 때려치우라고 말이다. 마음이 심란했던 요즈음 나는 우일의 제대로 된 탬버린 소리를 듣는다.

120

쿠무의 연말 파티에 대한 '지침서'를 테디 할머니에게 받았다. 그녀는 경리 담당이다. 훌라 교실의 수강비를 받고 스케줄을 조정한다. 지침서에는 쿠무의 집 주소와 시간. 드레스 코드가 적혀 있다. 옷은 캐주얼하게 빨강과 녹색이면 좋겠다며 크리스마스 파티를 위해 간단한 선물을 준비하라고 쓰여 있다. 서로 교환할 예정이니 칠 달러짜리 정도면 좋겠다고 한다. 크리스마스 캐럴과 눈사람이 귀엽게 그려진 지침서다. 뒷장에도 뭐라 글이 적혀 있어 '이면지인가?' 하고 들여다보니 아니다. 쿠무의 집에 갈 때 뭘 들고 갈지 고민이지? 라며 시작하는 일종의 편지다. 쿠무는 다정한 말을 소중하게 생각하니 손으로 쓴 카드를 가져오라고 쓰여 있다. 선물은 받지 않지만 '화폐' 선물을 포함하는 게 관습이라며 훌라우의 숫자는 삼, 오, 칠이라고 한다. 대체 무슨 말인지 알 수가 없다.

"It is customary to include monetary gift, remembering that our Hulau number are 3, 5 and 7."

미셸에게 물어보니 옆에 있던 줄라이가 나에게 고마워한다. 자신도 무슨 뜻인지 전혀 알 수가 없어 고민하고 있었단다. 혹시 금발 바보가 자신이 아닐까 혼자 걱정했는데 내가 물어봐 다행이라며 기뻐했다. 기뻐하는 건 좋은데, '왜 우리 둘 다 바보일지 모른다고는 생각하지 않은 거냐, 줄라이.'

　줄라이와 날 위해 미셸이 쉬운 영어로 해석해줬다. 쿠무는 상점에서 살 수 있는 그런 물건들을 굉장히 싫어한다. 그런 건 다 필요 없다. 손으로 만든 뭔가가 아니면 안 받겠다는 이야기다. 그러니 만든 선물이 아니라면 차라리 돈을 선물하라는 말이다. 삼, 오, 칠이 포함된 숫자로 삼 달러도 되고 칠백오십삼 달러도 된다. 삼십 달러도 되고 칠 달러도 된다. 그런 식의 돈을 동봉한 후 손편지를 쓰라는 거였다. 개별 선물은 안 받으니 다음 주까지 모두 카드를 써서 제출하라는 거였다.

　집으로 돌아오는 내내 생각했다. 돈과 함께 손편지를 써 오라니, 여태 내가 알던 예의와는 너무 다르다. 직접적이고 명쾌한데 너무 실용적이라 품위가 없어 보였다. 하지만 집에 초대되어 가는데 빈손으로 갈 사람은 없다. 나도 방금 전까지 들고 갈 선물을 고민했다. 근사한 뭔가를 선물하고 싶었다. 하지만 그런 거 다 필요 없으니 그냥 돈으로

하라는 거다. 고민 말고 형편껏 돈을 넣어주라며 행운의 숫
자까지 지정해준다. 담백하고 따뜻하다. 쿠무는 참 깨끗한
사람이다. 쿠무의 연말 파티가 기다려진다.

#121

퀸스 해변의 파도가 높지는 않지만 탈 수는 있는 높이라며
아침부터 우일은 바다로 나갔다. 나는 뒤늦게 산책 삼아 어
슬렁어슬렁 퀸스 해변을 향해 나섰다.

　　혼자서 퀸스로 향하니 천천히 길을 돌아갈 수 있어서
좋다. 언제나 얼른 바다로 들어가고 싶어하는 우일 때문에
함께 갈 때는 어슬렁거릴 수가 없었다. 평소 다니지 않던
골목길을 돌아돌아 가며 길에 떨어진 꽃도 줍고, 새로 생긴
가게도 기웃댔다.

　　퀸스 해변에 도착하니 우일이 바다 한복판에서 둥실둥
실 떠서 파도를 기다리고 있다. 멀리 작은 점처럼 보이는
우일이 날 알아보고 손을 흔든다. 그처럼 작아져도 한눈에
서로를 알아볼 수 있다. 이제 그는 내가 보고 있는 걸 의식
해 조금 더 멋지게 타려다 아마 실력만큼 못 탈 것이다. 팔
이 나으면 같이 점이 되어 바다로 들어가야지. 함께 걷지
않아도 목적지가 같으니 그것만으로도 좋다. 요번 팔의 통

증을 통해 인생의 언덕 하나를 내려가는 기분이다. 2018년이 저물고 있지만 아쉽지는 않다.

#122

쿠무의 연말 파티는 6시에 시작한다. 쿠무는 5시 반도 6시 반도 안 된다며 모두 6시까지 정확히 도착하라고 했다. 우린 다 같이 함께 움직이기로 했다.

쿠무는 서쪽 끝의 마카하Makaha에 산다. 호놀룰루에서 차로 꼬박 한 시간을 달려야 한다. 내 차를 이용하기로 해 난 술도 못 마실 예정이다. 쿠무가 운전자들을 위해 특별히 커피를 준비하겠다며, 정 안 되면 마당에서 재워주겠다고 했지만 그럴 수는 없었다. 도착하자마자 바로 맥주 두 병을 마시고 놀자며 일단 달렸다. 친구들 모두 운전을 못한다니! 여기 와서도 이런 우일 같은 부류의 인간들과 친구가 되었다.

아무리 생각해봐도 미셸과 줄라이는 오랫동안 알고 지내던 내 친구들 같다. 다들 어리바리하고 실수투성이로 여기저기 구멍이 많은 인간이다. 정은 쓸데없이 많아서 뭐든 주고 싶어한다. 서울에서도 그런 사람들이 내 친구였다. 오지랖은 넓고 정은 많아 뭐든 손해 보는 엉성한 사람들. 나는 언제나 뭐 하나 확실한 게 없는 두리뭉실한 사람인 줄 알았는데 나름 친구 취향은 확실했구나.

#123
_____

쿠무의 연말 파티는 미국의 연말 텔레비전 드라마를 시청하는 기분이었다. 멋진 마당에는 반짝반짝하고 알록달록한 전구를 단 루돌프와 산타 장식이 있었다. 가정집에 장식하기엔 조금 과하다 싶은 거대한 조형물이었다. 큰 마당을 통과하면 테이블이 놓여 있는 옆마당이 나왔는데 미로 같았다. 뒷마당도 있는지 궁금해지는 구조였다. 옆마당 위 펜스 천장에는 훌라 학생들 이름이 하나하나 쓰여 있는 종이가 방이 걸려 있었다. 가운데쯤에 '써니'라는 내 영어 이름이 쓰여 있다. 쿠무가 준비한 우리의 선물이었다.

뭔가 맛있는 냄새가 나더니 옆 마당 테이블에 알 수 없는 코스 요리가 차려지기 시작했다. 전기밥통에 커리에 내가 가져간 잡채까지 놓여 있다. 테디 할머니와 그의 아들 매튜도 보인다. 매튜는 볼 때마다 사람을 놀라게 한다. 수염까지 거뭇거뭇한 얼굴에 어깨가 넓은 성인 남자인데, 늘 원피스 차림에 풀 메이크업을 한다. 오늘은 크리스마스 파티라 평소보다 더 빨간 립스틱에 몸에 꽉 끼는 새빨간 드레스를 입고 빨간 하이힐까지 신었다. 나를 보고 생긋 웃는데 울퉁불퉁한 배가 너무 도드라지긴 했지만 오늘따라 그가 예뻐 보였다.

훌라 교실의 모든 이들이 모여 함께 게임도 하고 노래도 하고 춤도 추었다. 작고 사소한 선물을 나누며 저녁 내내 배불리 먹고 놀았다. 여기저기 놓인 맥주와 와인을 다 못 마셔 아쉬웠지만 초반에 빨리 먹으라고 권해주는 친구 덕에 맥주를 세 병이나 마셨다. 놀다 보니 술은 잊을 정도로 즐거웠다. 집으로 돌아오는데 내 차에 탄 사람들 국적이

모두 다르다. 한국인인 나, 필리핀계 미셸, 미국인 마레사,
이탈리아인 크리스티나, 프랑스인 줄라이. 하와이말로는
가족을 '오하나'라고 한다. 우린 이제부터 하와이 오하나라
며 다 함께 캐롤을 불렀다.

#124
***

크리스마스에 서울에서 엄마와 동생네가 왔다. 엄마는 포
틀랜드에 있을 때부터 한번 왔으면 했는데, 내가 가장 작은
집에 살게 된 호놀룰루로 왔다. 엄마가 내 집에서 자고 가

는 건 처음이다. 엄마와는 늘 가까이 이웃 동네에서 살아 우리 집에서 잠을 잘 이유가 없었다. 아마 좀 멀리 살았어도 내 집에선 안 잘 양반이긴 했다. 아들의 집에서도 딸인 내 집에서도 용무를 마치면 얼른 자신의 집으로 돌아가셨다. 주민센터에서 서류를 떼고 나가는 사람처럼 언제나 서둘러 일어나셨다. 그런 엄마가 내 집에서 잔다. 게다가 동생네까지 우리 동네에서 묵는다. 간만에 가족들이 내 곁에 모이니 마음이 바쁘다. 여기저기 보여주고 싶은 곳도 많고, 같이 먹고 싶은 음식도 많았다. 이제 막 까칠한 여중생이 된 조카가 새로 생긴 남자친구 사진을 내게 보여줬다. 외모는 별로지만 잘해준다며 웃는다. 내가 고모라니. 조카가 고모라고 부를 때마다 기분이 으쓱해진다.

#125

오늘은 엄마랑 동생네랑 할레이바에 가기로 했다. 한 시간쯤 차를 타고 가야 하는 북쪽 해변, 아기자기한 상점가가 있는 마을이다. 지금은 북쪽 파도가 높은 시기라 서퍼들 구경만으로도 재미날 거다. 할레이바에서 놀다 남쪽으로 돌아와 화려한 와이키키의 저녁노을을 보기로 했다. 우일은 차에 탈 자리가 없어 돌아오면 합류하기로 했다.

겨울의 북쪽 바다는 파도가 높고 거칠어 수영은 위험하다. 바다수영을 못해 아쉽다며 모래사장에서만 놀던 식구들과 할레이바 상점가를 걷는데 다들 조금 피곤해 보였다. 북쪽은 호놀룰루에 비해 동네와 길들이 소박하고 정겹다고는 하지만, 엄마와 동생네는 이제 막 도착했다. 가까운 동네에서 놀아도 피곤할 일정인데 무리하게 북쪽까지 끌고 온 건 아닌가 하는 후회가 들었다. 할레이바에서 유명한 셰이브 아이스(얼음을 갈아 무지개 색의 설탕 시럽으로 물들인 빙수)라도 조카에게 먹이자 싶어 차를 세워두고 걸었다. 그런데 가도가도 가게가 안 나온다. 실수로 차를 너무 멀리에 주차했다. 무릎이 안 좋은 엄마는 안색이 점점 창백해졌다. 엄마는 근처 버스 정류장 의자에서 쉬게 하고 우리끼리 얼른 다녀오기로 했다. 긴 줄까지 선 후 겨우 셰이브 아이스를 받았다. 기대에 부푼 조카가 한 스푼 떠 먹더니 미간을 찡그린다. 동생 내외도 한 입씩 먹어보더니 더는 먹기 싫은 표정이다. 우일은 너무 먹고 싶어해 말릴 지경인데, 불량식품 같은 색과 맛에 실망한 모양이었다.

서로 미안해진 마음으로 집으로 차를 몰았다. 분위기를 바꾸기 위해 저녁 메뉴를 의논하며 고속도로를 진입했는데, 차에 주유 경고등이 켜졌다. 급하게 근처 주유소를 찾아 그곳으로 차를 몰았다. 주유소에 도착해 결제를 하려는데 동생이 기름 값을 지불하겠다며 지갑을 꺼내 들었다. 서로 내겠다며 실랑이를 하다 결국 동생이 계산을 했다. 더 미안해진 나는 서둘러 고속도로를 탔다. 뉘엿뉘엿 해가 기우니 배가 몹시 고팠다. 우린 면발로 유명한 집 근처 우동집에서 튀김을 곁들여 먹는 데 모두 동의했다. 오늘은 모처럼 사람이 많으니 다양한 튀김을 시킬 생각에 입안에 침이 돌았다. 집 주차장에 도착해 우동은 내가 계산하고 싶어 지갑을 찾는데 지갑이 없다. '아, 주유소!'

　　동생이 계산하겠다는 통에 지갑을 잠시 차 지붕 위에 올려두고 주유구를 열었다. 셀프주유라 할 일이 좀 많았다. 포인트 적립을 위해 전화번호에 집 우편번호까지 꼭 두드려야 주유가 시작되었다. 기름을 넣고 주유구를 닫고 바로 운전석에 앉아 출발해 달리는 동안 나는 머릿속으로 줄곧 우동집 튀김을 고르고 있었다. 오징어랑 새우, 아스파라거스와 채소 그리고 계란 튀김은 뺄까 말까 고민했다. 지갑을 차 지붕에 얹은 채로 말이다. 내 지갑은 언제쯤 바닥으로 떨어진 걸까. 면허증, 체크카드, 슈퍼마켓카드와 커뮤니티센터 회원증까지 모두 잃었다. 밥 먹으러 가자는 식구들에게 주유소에 지갑을 두고 왔다며 다녀오겠다고 했다. 지붕에 올려두고 달렸다는 사실은 차마 고백할 수가 없었다. 그곳에 가면 영화처럼 바닥에 떨어진 내 지갑이 있을 것만 같았다.

지갑이 주유소 근처 길바닥에 떨어져 있을 거라 생각했
다니 나는 아직도 세상을 모른다. 전화로 은행에 확인하니
이미 누군가가 카드를 조금씩 여러 번 사용했다. 카드를 막
고 경찰에 신고했다. 경찰이 출동해 경위서를 작성하라며
서류를 내민다. A4 네 장이나 되는 영어 문장들을 읽고 있
으니 배는 고프지 않았다. 아마 내 가족 누구도 하와이에서
의 첫 저녁이 그리 맛있지는 않았을 거 같다.

#126

무작정 집에 가고 싶을 때가 있다. 그냥 서울의 연희동으로. 내가 살던 집의 내 방에 쭈그리고 앉아 있고 싶다. 여긴 내 집도 내 나라도 아니다. 실수는 그래서 더 하는 거다. 모두에게 더 잘하고 싶었는데 결과는 돈이 든 지갑을 자동차 위에 올려놓고 고속도로를 달리는 고모였다. 경찰에게 이 상황을 영어로 설명하는데 문득 서울이 아득히 그리웠다.

예전에 가족에 관한 만화를 그릴 때 차 지붕 위에 음료수 캔을 올려놓고 도로를 달리는 장면을 그린 적이 있다. 실제로 그런 적은 없었지만 완전 공상은 아니었다. 나도 차 지붕 위에 마시던 커피나 생수를 깜빡하고 운전석에 앉았다가, 다시 내려 챙긴 적이 있었다. 차에 앉자마자 아차 하고 나가거나, 출발했다가 급히 세우곤 했다. 모르고 그냥 목적지까지 쭉 달리는 건 코미디에서 보았다. 〈미스터 빈Mr. Bean〉에 나온다. 그걸 보며 바보 같다고 낄낄거렸는데, 그게 나였다.

저마다 코드가 있고 성격이 있듯이 인생에도 코드가 있는 거다. 액션, 모험, 코미디, 범죄, 다큐멘터리, 드라마, 공포, 뮤지컬, 미스터리 뭐 그런 거. 나의 코드는 코미디다. 뭘 해도 야무진 데가 없다. 어벙하고 잘 까먹는다. 생각해보니 인생의 굵직한 코미디 사건이 몇 개나 있다. 고등학교 체육 시간엔 일진을 못 알아보고 막말을 해 한동안 숨어 지냈다. 일 년 동안 피하다 같은 반 짝으로 만나 친구가 되었다. 일진도 여고생이었다. 서로 나눌 게 많았다. 유학 시절엔 난 생처음 미역국을 끓이다가 소방차를 출동시켰다. 마른 미역을 냄비에 볶다 연기가 짙어져 화재경보기를 울렸다. 미역을 요리하려면 우선 물에 불려야 한다는 간단한 지식도 없을 때의 일이다. 덕분에 사는 내내 수위아저씨의 놀림을 들어야 했다. 한참 신부 마사지를 받아야 할 결혼 즈음에는 체외 기생충 살충제를 몸에 바르며 결혼식을 기다렸다. 키우던 강아지가 기생충을 옮겨 결혼식 입장 때도 슬쩍슬쩍 몸을 긁으며 들어갔다. 그러더니 오랜만에 만난 식구를 태운 차 지붕 위에 지갑을 두고 운전하는 고모의 에피소드를 추가한다. 칠칠치 못하다. 늘 잔소리하던 우일과 엄마까지 오히려 위로를 하니 더 기운이 빠진다. 사고가 크니 다들 할 말을 잃었다.

새벽에 화장실에 가다가 실실 웃음이 나왔다. 나 같은 바보 때문에 그나마 삶이 웃기지 않은가. 이 글을 읽는 누군가도 자신이 상대적으로 좀 야무지고 괜찮은 인간으로 느껴지지 않을까? 누구라도 적어도 나보다는 더 총명해 보이지 않을까? 나는 그런 존재이다. 작고 보잘 것 없어서 다른 그릇이 얼마나 큰지를 알려주는. 그것만으로도 나는 소중할 수 있다. 자책은 그만두기로 했다.

#127

2019년도 이곳에서 맞이할 거라고는 예상하지 못했다. 곧 집에 돌아가야겠다 하고는, 삼 년하고 석 달째 낯선 곳에 머물고 있다. 장기 여행이라며 시작했지만 꼭 여행하는 기분만은 아니었다. 포틀랜드에서도 여기 호놀룰루에서도 집세에 공과금까지 챙겨냈으니 여행자로 살지는 않았다. 하지만 주민도 아니었다. 그동안 우린 늘 낯선 자, 이방인이었다. 이방인의 삶은 내가 지구 위의 먼지 같은 존재란 사실을 잊을 만하면 알려준다.

　좀 억울한 일이 있어도 넘어가고, 짜증이 나도 쉬이 참게 된다. 어차피 내 나라도 아니고 내 언어도 아니니 이 산고개를 그냥 넘어만 가자는 마음이 생긴다. 한국에서는 더

잘하려고 욕심을 부리다 기분이 상하곤 했는데 여기선 그
러지 않는다. 이방인이 되니 태도가 달라진다. 모든 것에
그러려니 하게 된다. 먼지가 되고 보니 수긍도 빨라진다. 덕
분에 어렵지 않게 은서를 독립시켰고, 새 친구들도 얻었다.
몰랐던 맥주 맛을 알게 됐고, 상상도 못 한 파도타기와 홀
라댄스가 취미로 추가되었다. 이만하면 떠돌이 생활치곤
얻은 게 많다.

#128

장 그르니에의 《섬》에 있는 글이다.

"인간은 변할 수 없다고 누가 말 하는가? 인간은 지금까지 변화밖에 한 것이 없다. 기독교의 성인은 고대의 현자와 닮은 것도 아니고 현대의 시민과 닮은 것도 아니니 말이다."

#129

서울행 비행기표를 사기로 했다. 일 년을 머물기로 했으니 계획대로라면 작년 11월에 돌아갔어야 하지만 겨울을 서울에서 지내자니 여기보다 생활비가 더 들겠다는 계산이 나왔다. 겨울엔 언제나 아이폰 한 대 값의 가스비가 나왔다. 그렇게 내고도 집 안에서 털 부츠와 오리털 점퍼를 입고 일했다. 가만히 앉아서 일해 더 추운 건지 그렇게 입고도 손이 곱고 발이 시렸다. 조금이라도 저렴하게 움직이기 위해 4월 출발로 결정했다. 겨울은 피하자며 이렇게 정해 집과 자동차보험도 그때까지로 정리했다.

비행기표를 검색하며 귀국 날짜를 정하려는데 우일이 뭔가를 물어보려다 만다. 말을 아끼는 사람이 아닌데 어쩐지 망설인다. 퀸스의 파도는 4월이 시작이다. 4월부터 7월까지는 우리 집 앞 퀸스의 파도가 한창인 기간이다. 그런 퀸스의 바다를 걸어갈 수 있는 곳에 살고 있는데 떠나야 한다니 우울하다며 운을 뗐다. 발이 안 떨어질 것 같다며 풀이 죽었다. 우일이 변했다. 언제부터 바다의 파도 높이 하나로 저리 슬퍼했단 말이냐.

작년 이맘때 우리는 보드를 막 타기 시작했다. 그땐 보디보드 어디에 손을 두고 타야 하는지도 모르면서 파도를 탈 때마다 소리를 내질렀다. 다들 잡아타는 쉬운 파도도 못 타 남들이 타는 모습을 부러운 눈으로 바라봤다. 지난 일 년 동안 파도만 쫓아 다닌 우일은 이제 꽤 큰 파도를 잡아탄다. 북쪽 해변의 먼 파도 꼭대기에서 내려오는 그를 바라보며 그가 아닐지도 모른다고 생각한 적도 있다. 사진을 찍어 확대해보고 나서야 그를 확신한 적도 있었다. 저절로 감탄사가 나왔다. 우일은 알리 해변으로 마카하, 마카푸 Makapuu, 셔우드Sherwood 해변으로 파도만 보고 달려갔다. 그런 그는 이제야 좀 탄다 싶은데 떠나야 하는 것이다.

나도 떠날 생각을 하니 미련이 남았다. 이제 막 친해진 친구들 때문에 더 아쉬웠다. 홀라 친구들은 벌써부터 내가 떠날 날까지 함께할 목록을 만들어 하나씩 지워가고 있다. 고래도 보러 가기로 했고 캠핑도 하기로 했다. 여기서 이런

친구가 생기리라고는 전혀 생각 못 했는데 헤어지려니 나
도 우울했다. 그래서 7월 31일에 떠나기로 했다. 어차피 서
울의 집은 10월까지 빌려주었다.

2019년 7월 31일 호놀룰루에서 인천으로 들어가는 비
행기표를 편도로 샀다. 귀국 일정을 가족과 친구들에게 말
하니 다들 미세 먼지 이야기를 꺼내며 놀라지 말라고 겁을
준다. 미세 먼지 속에서 살고 있는 사람들이 미세 먼지를
맞이하며 살게 될 우리를 걱정한다. 이런 쟁반같이 둥글고
군고구마처럼 뜨끈한 사람들이라니.

Hale'iwa Ali'i Beach

MAKAPUU

Queens

MAKAHA

영화 〈부산행〉을 다시 보았다. 좀비 이야기를 좋아하는 우일은 정기적으로 보는 좀비 영화들이 있다. 그중 〈새벽의 황당한 저주Shaun of the Dead〉와 〈28일 후28 Days Later〉 〈좀비랜드Zombieland〉는 나도 좋아해 꼭 같이 보게 된다. 다시 봐도 몰입하게 되는 좀비영화다. 재작년부터는 거기에 〈부산행〉이 추가되었다.

오늘따라 〈부산행〉 영화 속의 캐릭터들이 이 세상의 모든 인간상을 대표하는 것처럼 느껴져 더 재밌게 관람했다. 자기밖에 모르는 수완이 아빠 공유, 얼굴도 모르는 수완이 엄마, 곧 엄마가 될 아줌마 정유미, 정의롭고 의리 있는 그녀의 남편 마동석은 주위에서 쉽게 볼 수 있는 사람들이다. 살고 싶어 안달이 난 못된 아저씨 김의성, 안내원, 기차 조종사, 고등학생들도 살면서 한 번씩은 마주치는 사람들이다. 기차 안에 있는 모든 부류의 사람이 실제 주변에도 다 있다. 그중 우리는 어떤 캐릭터에 가장 가까울지를 이야기하는데, 우일이 나는 생각 할 것도 없이 언니 할머니라 한다. 부산행 기차에 탄 할머니 자매 중, 먼저 죽음을 맞이하는 언니 할머니 말이다. 착하지만 눈치도 없고 실수도 많아 잘못된 칸에 타 어이없게 죽는 그 할머니. 나는 발끈해서 너는 어떤 부류냐고 물으니, 다 같이 죽어버리자며 문을

열어젖히는 그 할머니 동생 같은 사람이라고 대답한다. 아,
같은 할머니 부류였구나, 우린. 들어보니 그럴듯하다.

#131

카이로프랙틱 치료로는 팔이 낫는 기색이 없어 한의원을
찾아갔더니 의사가 내게 진작 오지 그랬냐고 핀잔을 준다.
오십견이란다. 오십견은 그렇게 마음을 들여다보는 걸로는
고칠 수 없는 병이라고 덧붙인다. 뭉친 근육을 깨는 치료가
필요하다며 당분간 서핑은 물론이고 무거운 것도 들지 말
라고 했다. 병원에 가 빠른 효과를 볼 수 있는 시술을 설명

하며 미국 의료보험 여부를 물었다. 없다고 답하자 시간은 걸리지만 침과 스트레칭 요법을 추천했다. 미국에서 의료보험 없이 시술하려면 어마어마한 비용을 치러야 하니 천천히 고쳐보자고 했다. 작년 말, 그랜드캐니언Grand Canyon에 놀러온 한국 대학생이 추락 사고로 미국 병원에서 응급치료를 받았다는 뉴스를 보았다. 다행히 치료가 되긴 했는데 이십여 일 치료하고 십억 원 정도의 병원비가 청구되었다. 한국으로 이송하는 비용만 무려 이억 원이 더 든다고 했다.

미국은 비싼 의료비로 고통받는 사람들이 많다. 맹장이 터져 한 응급 수술로 이천만 원을 날렸다는 사람도 보았고, 암에 걸려 노숙자가 되었다며 구걸을 하는 젊은 사람도 보았다. 한의사 역시 이곳 미국의 의료보험은 이해가 안 된다며 친구 이야기를 꺼냈다. 몇 해 전 이민 온 친구가 하와이 트래킹 중 미끄러져 병원에 이송되어 수술을 받았다. 그는 몸만 다친 게 아니라 마음까지 다쳐 치료하는 내내 힘들어했다. 병원에서는 마음을 다독여주는 인형을 하나 건넸고, 친구는 그 인형을 안고 자니 마음이 편해 그 인형을 계속 사용했다. 나중에 병원비를 받아보니 그 인형은 하루 십만 원씩의 대여비가 있었다. 의료보험이 적용되어도 아프면 어마어마한 비용을 치러야 하는 곳이다. 한의사 선생님이랑 한국말로 치료하니 좋았다. 이야기가 통했다.

정확하게 오십이 되는 나이에 오십견이 오다니 몸이 너무 정직하다. 그냥 모르는 척 지나가도 좋았을 텐데, 무시 못 할 신호를 보내온다. 몸이 말을 건넨다. 하는 수 없다. 내 몸이니 그 얘기에 조금 귀 기울여야겠다.

#132

떠날 날짜가 정해지니 바다에 열심히 나가게 된다. 언제 다시 이런 섬 생활을 할 수 있을지 모른다는 생각에, 시간이 될 때마다 파도를 쫓아간다. 요즘은 서쪽 끝에 있는 마카하

의 파도가 좋다. 작년 여름, 은서와 함께 갔던 곳이다. 그때
은서는 화장실 옆 도랑에서 슬리퍼 한 짝을 잃어버려 하루
종일 아빠 물놀이 신발을 신고 쇼핑도 하고 식당에도 갔었
다. 양말같이 생긴 물놀이 신발을 신고 폴짝폴짝 뛰어다니
던 은서가 꿈처럼 생각나는 곳이다. 그때 마카하의 바다는
평평하고 잔잔했다. 파도가 무섭다는 은서도 들어가고 싶
어지는 온화한 바다였다.

그랬던 마카하 파도가 1월이 되니 3, 4피트로 높아졌
다. 파도 앱엔 상태가 '좋은 서사시GOOD TO EPIC'라고 쓰여
있다. 파도 상태는 없음, 보통, 좋음과 나쁨, 매우 좋음 정도
로만 구분되는 줄 알았다. 어떤 파도를 두고 서사시라는 걸
까. 마카하로 향했다.

그렇다면
이 황금
슬리퍼가
네 것이냐

정말 빠진
슬리퍼가 많았다

마카하의 커다란 돌산은 볼 때마다 입체감이 없다. 쨍한 파란 하늘에 오려 붙인 듯 펼쳐진 돌산이 사진을 합성한 포스터나 스크린 같다. 이 풍경에 돌을 던지면 구멍이 나 찢어질 것만 같다. 늘 사진이나 그림으로만 봐왔던 대자연 속을 달리다 보니 그림이 아니라고 외치듯 많은 노숙 텐트가 해변에 늘어져 있다.

마카하는 하와이안들이 많이 사는 동네다. 전통 하와이안에게는 혜택을 주는 지역이다. 훌라 스승 쿠무의 집도 이 동네였다. 노숙자들도 편안하게 머무를 수 있는 마을인 것이다.

바다에 도착하니 동네 서퍼들과 보디보더들이 모여 있었다. 다들 파도 소식을 듣고 달려왔는지 유난히 인구가 많았다. 스스로 제작한 특이한 보드도 보인다. 우일은 '서사시' 같다는 파도를 한 번 타보겠다며 보드를 들고 바다로 나갔다. 같이 타고 싶은 충동을 느꼈지만 관두기로 했다. 얼마 전 알리 해변에서 타보겠다고 나갔다가 고생했다. 패들링이 제대로 안 돼 바위 쪽으로 휩쓸렸다. 민망하게 안전요원까지 출동했다. 오른팔 때문에 원하는 방향으로 보드를 돌리기가 힘들다. 다시 파도에 말릴 것이다.

꽤 힘이 있는, 보드 타기 딱 좋은 파도를 보며 얕은 물에서 수영만 했다. 팔이 이러니 수영도 맘대로 되질 않는다. 괜히 바다를 들락거리며 안달하는 내 마음을 들여다보니 창피했다. 이제 보디보드를 시작한 주제에 마지막인 것처럼 조급했다. 일단 몸부터 고치자. 오십견이란 사실을 주위에 알리니 다들 한 번씩 겪었다며 자신의 오십견 이야기를 해주었다. 엄마도 요가 선생님도 나와 요가 수업을 듣는 하와이안 언니들도 다들 왔다가 간 오십견 이야기를 했다. 꾸준한 스트레칭과 시간이 약이라며 각자 오십견 극복기를 들려주었다. 다들 왔다가 사라졌다니 위로가 됐다. 나이가 드는 과정에서 지나는 문이라 생각하자. 통과하려면 소요 시간이 요구된다. 기다리자.

마지막이 아니다. 이제 시작이다. 나도 언젠가는 보디보드를 타고 그림 같은 파도 위에 두둥실 떠 파도를 기다리는 그런 날이 올 것이다.

2019. 2.

133

오십 년이나 몸을 막 쓰고 살았더니 몸 여기저기가 해진 게 보인다. 고장 난 곳도 있고 긁히고 구겨진 주름도 많다. 자꾸만 새로운 경고등을 켜는 내 차 같다. 여길 고치면 저기를 고치라며 다른 경고등을 켠다. 잘 버텨주면 좋겠다며 내 차 대하듯 몸도 달래가며 쓰고 있다.

침대 옆에 바구니를 놓고 읽다만 책이나 얇은 담요 그리고 파스와 안약을 넣어두었다.

바다에만 다녀오면 눈이 벌겋게 충혈되기에('서퍼 아이'라고 부른다) 안약을 애용한다. 노안이 온 뒤부터는 눈이 늘 침침하고 뻑뻑한 느낌이기도 하다.

불을 끄고 안약을 넣다가 깜짝 놀랐다. 늘 하던 일이라 어두워도 쉽게 안약을 잘 넣을 줄 알았다. 대충 뺨의 어느 위치에 안약 든 손을 기대어두었는지, 언제쯤 안약이 내 눈에 떨어질지 감각으로 알고 있다고 생각했다. 깜깜해 잘 보이지 않을 때에도 내 손으로 음식을 찾아 먹는 것처럼, 쉽게 안약을 눈에 넣을 수 있을 거라 확신했다. 그렇게 믿고 안약을 떨어뜨렸는데 볼에 뚝 떨어졌다. 다시 손 위치를 잡고 시도하니 요번엔 이마 위로 뚝 하고 떨어졌다. 엉뚱한 얼굴 부위로만 골라서 떨어진다. 보지 않고는 할 수 없는 일이 있다. 해본 적도 없으면서 할 수 있을 거라는 오만은 금물이다.

#134

올해 하와이 겨울은 유난히 추웠다. 한의사 선생님도 요번 겨울이 여기선 산 십오 년 동안 가장 춥다고 했다. 그래서인지 나와 우일 둘 다 감기로 고생했다. 너무 심해 며칠 동안 침대에서 헤어나오질 못했다. 둘이 동시에 아프니 먹는 게 제일 부실했다. 엄마가 보내준 누룽지와 한국 마트에서 사 온 오징어젓갈로 연명했다. 몸이 조금 나아지니 먹고 싶은 음식이 생겼다. 누워서 팔락 파니르(시금치 치즈 커리)와 탄두리 치킨, 난과 요거트 뭐 이런 인도 요리 이야기를 했다. 인도 커리 식당을 검색하니 기운이 났다. 여전히 기운이 없다는 우일을 억지로 끌고 식당으로 달려가기로 했다. 검색한 인도 식당으로 향하는데 생각보다 먼 차이나타운 근처 시내 빌딩이었다. 시내라 그런지 주차장도 없어 공용 주차장에 세워야 했다. 기본 한 시간에 이만 원이었다. 서울처럼 주차비가 비쌌다. 주차도 상관 안 하는 식당이라니 맛에 대한 기대가 부풀어 찾아갔는데 생각과 달리 허접했다. 포장용 커리를 파는 곳으로 테이블도 달랑 두 개에 종이 박스에 담아주는 곳이었다. 오늘이 아니라면 상관없었다. 아픈 몸을 억지고 끌고 나온 오늘만큼은 제대로 된 인도 식당에서 먹고 싶었다. 그 많은 인도 식당을 다 제치고 접시에도 안 담아주는 이런 식당을 검색해 찾아내다니. 내 검색 실력에 스스로 화가 치밀어 오르는데 우일이 먼저 버럭 화를 낸다.

검색은 내 일이 아니었다. 늘 우일이 했다. 아픈 그를 대신했더니 이런 엉뚱한 결과가 나온 거다. 다른 곳으로 이동할까 생각하니 이미 지불한 주차비가 생각났다. 그냥 먹자며 주문을 하고 먹는데 기분이 조금씩 나빠지며 밥이 넘어가지 않았다. 이게 그렇게 버럭버럭할 만한 일인가? 먹는 둥 마는 둥 하고 주차장으로 돌아오니 아직 주차 시간이 사십 분이나 남아 있었다. 주차비가 아까워 근처라도 걸을까 했더니 우일이 미간을 잔뜩 찡그리며 그냥 집에나 가자고 했다.

아 됐다. 아까부터 참고 있었는데 가든지 말든지 네 맘대로 해라. 꼭 이렇게 티를 내야만 하나? 나는 티를 못 내서 이러고 있는 줄 아나? 나는 길거리에서 버럭 소리를 지

르며 차 키를 바닥으로 내던졌다. 다 필요 없다. 혼자 걷기
로 했다.

걷다 보니 성당이 나왔다. 하와이의 성당을 이런 식으
로 오게 되었다. 스테인드글라스가 유난히 화려한 성당이
다. 큰 대성당 옆으로 이어진 작은 성당에서는 결혼 미사
예행연습을 하는지, 캐주얼 복장의 젊은 신부와 커플들이
제단 앞에서 조촐한 미사를 보고 있다. 스테인드글라스 창
으로 들어오는 색색의 빛이 커플들 사이를 왔다 갔다 한다.
언제부턴가 결혼식만 보면 마음이 복잡하다. 한참을 넋 놓
고 앉아 빛 구경을 하는데 뒤에 누가 앉는다. 뒤를 슬쩍 보
니 우일이 미안한 표정으로 웃고 있다.

날 보고 웃는 그를 보니 더 화가 나 쏘아보았다. 나는
화를 쉽게 내는 사람이 아니라고, 먼저 화내는 사람이 아니
라고 생각했는데. 우일에게는 꼭 버럭 화가 난다.

왜 나는 그에게만 그러는 걸까. 저녁이 되도록 내내 화
가 쉽게 누그러들지 않았다. 같이 웃으면 끝날 일인데 꾸역
꾸역 화가 나는 나에게 더 화가 났다. 그래. 일단 지금은 화
를 내자. 어떻게 매일매일 좋을 수가 있나. 안 좋은 날이 있
어야 좋은 날도 있다. 밤이 있어야 아침이 오듯, 이렇게 안
좋은 시간이 언젠가 좋은 시간을 약속해주는 거다. 지금 이

기분·나쁜 시간 덕에 로맨틱한 시간을 느낄 수 있는 거다.
괴로운 지금이 더 나은 미래를 약속하는 순간이다. 그렇게
생각하니 화가 좀 가라앉는다. 그런 시간이 너무 먼 미래가
아니길 바라며 잠이나 자야겠다.

#135

작년에 찍은 사진들이 식탁 옆 벽에 붙어 있다. 은서가 왔
을 때 공원에서 폴라로이드로 찍은 가족사진이다. 그중 줄
라이가 찍어준 우리 사진도 붙어 있다. 길에서 우연히 만났
는데 사진기를 들이밀어 우릴 찍어줬다. 줄라이의 사진은
내 얼굴이 볕에 그을려 술 마신 사람처럼 벌겋게 나온 탓

에 별로였지만, 우일이 붙이기에 그냥 내버려두었다. 둘이 함께 찍힌 유일한 하와이 사진이다. 예전에는 내 얼굴이 맘에 들지 않는 사진들은 붙여두기 싫었는데 이젠 아니다. 며칠만 지나면 젊어 보이기 때문이다. 고작 몇 달 전 우리인데도 젊다. 요즘은 며칠 전 사진만 봐도 오늘의 우리보다는 젊어 보인다. 나이가 드는 게 눈에 보이는 나이가 되었다.

136

하와이 음식 중 '포케Poke'라는 게 있다. 참치나 연어를 회로 깍둑썰기를 해 갖은 양념에 묻혀 먹는 음식으로, 우리나라 회덮밥과 비슷하다. 마요네즈나 핫소스, 와사비 간장, 생강 간장, 김치 양념까지 다양한 소스로 버무린 포케는 어디나 기본 메뉴로 있는 하와이의 대표 음식이다.

덕분에 큰 슈퍼에는 포케를 만들고 남은 생선 부위를 싸게 파는 코너가 있다. 그날그날 살을 바르고 남은 갈비 부분과 생선 머리들을 판다. 우린 그곳에서 연어 머리를 보면 무조건 산다. 연어 머리는 구워 먹어도, 매운탕으로 끓여도 맛있다. 우린 주로 버터에 바싹 구워 소금 후추에 레몬만 뿌려 먹는데, 각 부위별로 다 다른 맛이 나 먹을 때마다 감탄하게 된다. 눈 주위 살은 물컹한 젤리 같고 볼살은 쫄깃하며 담백하다. 바싹 구워진 껍질은 과자처럼 바삭하고 갈빗대에 붙어 있는 살은 씹을수록 고소하다. 우일은 눈까지 파먹으라고 권하지만 내가 좋아하는 부위는 아니다. 그런 연어 머리가 아무리 큰 덩어리를 하고 있어도 사 달러를 넘지 않는다. 최고의 안주다. 보이기만 하면 무조건 사는 품목이다.

오늘도 슈퍼에서 연어 머리 코너에 갔는데 한 아줌마가 마지막 남은 연어 머리를 손에 든 채 탐탁지 않은 얼굴로

서 있었다. 이리저리 살피는 폼이 영 맘에 들지 않아 곧 내려놓을 기색이었다. 다시 진열대에 놓으면 내가 집을 요량으로 주위를 맴도니 그 아줌마가 마지막 연어 머리를 바구니에 넣었다. 실망하니 우일이 한마디한다. 나 같은 눈빛으로 옆에 서서 기다리고 있으면 먹기 싫어도 일단 장바구니에 넣을 거라고. 내가 너무 뚫어져라 연어를 바라보았던 것이다. 누군가의 간절한 눈빛을 느낀 아줌마는 별로였던 연어가 좋아 보였을 것이다. 눈치는 이렇게 시간이 가도 늘지를 않는다. 그 아줌마의 저녁이 궁금해지는 밤이다. 그녀는 내 탓을 하며 연어 요리를 했을지도 모른다.

137

마카푸에 가기로 했다. 마카푸는 동쪽에 있는 해변으로, 에메랄드빛 바다와 초록 산을 끼고 있는 구불구불한 도로를 통과해야 갈 수 있는 곳이다. 군데군데 절경이 펼쳐져 전망대마다 사진을 찍는 단체 관광객이 많다. 절벽에 난 좁은 도로라 운전하기 무서운 길이기도 하다. 낭떠러지로 떨어질 것만 같아 저절로 속도를 줄이게 된다.

그 길을 일 년 넘게 들락날락했더니 이제야 산이 보이고 바다가 보인다. 가는 길에 하나우마 베이Hanauma Bay, 샌디, 마카푸가 차례로 나와 길이 헷갈리는 법이 없는 일차선 도로다.

북쪽 할레이바를 가려면 인터체인지나 다른 출구로 빠져야 해 언제나 헷갈렸다. 내비게이션이 몇 차선 도로로 진입하라고, 몇 번 게이트로 빠지라고 정확하게 설명하는데도 항상 불안했다. '이 길이 맞나? 저기 다른 출구로 나가야 하는 건 아닐까? 저쪽으로 가면 어디로 가는 걸까?' 매 순간 한 번도 확신을 가지며 갈림길을 지나는 적이 없었다. 워낙 길치에 방향감각이 없어 그런가 보다 했는데, 아니다. 나는 인생의 갈림길에서도 언제나 머뭇거린다. 매사에 확신을 가지고 한 일이 없다. 늘 마음이 조금 더 가는 쪽으로 발을 옮길 뿐이다. 우리 인생은 지금 몇 차선 도로를 가고 있는 걸까. 일차선이라면 고민이 없었을까.

마카푸에 도착하니 파도가 좋아 서핑 인구가 많다. 팔이 조금은 나아 우일과 함께 바다 한가운데로 들어갔다. 생각보다 파도가 높아 무섭긴 하지만 이 정도는 조심스레 탈수 있을 거다. 몇 번 파도를 잡아타니 자신이 생겨 좀 더 깊은 곳으로 갔다. 서핑보드를 피하며 타는 게 곤혹스럽긴 하지만, 파도에 말리지만 말자며 바다에 떠 있었다. 우일은 멀리서 쌩쌩 부럽게도 탄다.

넋 놓고 다른 이들이 파도 타는 걸 구경하다가 큰 파도에 말리고 말았다. 휘몰아쳐오는 파도에 몇 번이나 바닷속에서 굴렀는지 모르겠다. 귀, 코, 입, 내 신체의 모든 구멍으로 바닷물이 들어오는 게 느껴졌다. 한참을 물속에서 나뒹굴다 보면 저절로 죽음에 대해 생각하게 된다. 죽음에 대해서는 의연하자고 마음먹었는데, 허둥대며 몹시 살고 싶어하는 나를 보니 의연하기가 쉽진 않겠다.

한참 물 아래를 뒹굴다 간신히 보드를 잡고 바다로 떠올랐는데 오리발이 한 짝뿐이다. 한 짝이 파도에 휩쓸려 사라졌는지도 몰랐다. 가까스로 해변에 도착해 거친 숨을 몰아쉬는데 우일도 하얗게 질린 얼굴로 바다에서 나와 옆에 앉는다. 어지럽다며 일어서질 못하겠다고 했다. 둘 다

용궁이 조기 앞에
보인다

감기 기운이 아직 남아 정상이 아니다. 파도가 세긴 셌나
보다.

　놀란 가슴을 쓸어내리며 주차장으로 가는데 길목 모래
사장에 웬 오리발 한 짝이 덩그러니 놓여 있었다. 내 것과
같은 모양, 같은 무늬의 오리발인데 색만 달랐다. 많이 쓰
는 오리발은 아니었다. 일 년 가까이 사용했는데 딱 한 번
같은 오리발 쓰는 할아버지를 만났다. 흔한 디자인이 아니
라 겹치는 일이 없었다. 냉큼 집었다. 잃어버린 누군가도
내 오리발을 발견하길 바라며.

138

매주 토요일 아침이면 동네 커뮤니티센터의 훌라댄스 수업에 간다. 작년 4월에 배우기 시작했으니 벌써 일 년 가까이 되었다. 한 번의 결석도 없이 열심히 하는데도 아직 '아미해마(상체를 그대로 두고 엉덩이만 돌리는 훌라 동작)'가 안 된다. 수업시간에는 그럭저럭 따라하는 수준이지만 집에서 혼자 해보려고 음악을 틀면 첫 소절부터 순서가 헷갈린다. 훌라댄스 경력이 나와 몇 달 차이밖에 안 나는 미셸은 언제나 훌라댄스를 십 년은 배운 사람처럼 추는데 난 늘 어딘가 어색하고 뻣뻣하다. 재능이 없다. 그래도 꾸준히 훌라 수업에 나가는 이유는 친구들 때문이다. 훌라댄스 친구들과 같이 보드도 타고 저녁노을도 보고 춤 연습을 하면, 이곳이 집처럼 편하고 넉넉해졌다.

커뮤니티센터는 집에서 십오 분 정도 운하를 따라 걸어가면 나온다. 매주 걷다 보니 아는 노숙 할머니도 생겼다. 벤치마다 노숙자들이 자리 잡고 살다시피 하는데 그중 한 할머니가 요즘 부쩍 하늘에 대고 사령관을 외쳐 알게 되었다. 서로 눈이 몇 번 마주쳐 가벼운 눈인사를 하는 사이였다.

노숙자가 많아 불편하긴 하지만 꼭 이 길로 걷게 된다. 가는 길에 물고기는 물론, 운하에 빠진 물건들을 구경할 수 있기 때문이다. 빠져 있는 물건들을 헤아리며 걷다 보면 십오 분이 오 분처럼 빨리 지나간다. 과자 비닐봉지나 맥주 캔이 떠 있는 날도 있고 어린이 배낭이나 서류 가방이 빠져 있을 때도 있다. 오늘은 바퀴 달린 사무용 의자와 분홍 자전거까지 빠져 있다. 마트용 운반 카트나 에어컨 실외기는 작년부터 빠져 있던 물건이다. 대체 어떻게 저리 큰 물건이 운하에 버려진 걸까. 운하의 물고기들이 운반 카트 사이를 들락거리며 노는 걸 보면 마음이 심란하다.

조금은 무거운 얼굴이 되어 훌라 교실로 들어가니 쿠무가 활짝 웃으며 내년 5월에는 서울에서 보자고 한다. 빈센트(훌라 보조 선생님) 아저씨가 한국 음식을 좋아해 내년 일본 훌라 투어 일정에 서울 여행을 넣기로 결정했다는 것이다.

얼마 전 쿠무에게 귀국 일정을 알렸다. 회원 중 일부가 아무런 말없이 떠날 때마다 너희는 제발 그러지 말라며 당

부했기 때문이었다. 떠날 때 갑자기 알리지는 말아 달라는
거였다.

　"내가 이제 일흔한 살이야. 남은 시간이 많지는 않지. 그
래서 모든 결정을 빨리 하기로 했어. 이제는 그래도 되는
나이가 되었어. 서울은 음식이 맛있지. 오 년 전 빈센트랑
갔었는데, 이모들(식당 아줌마를 이모라 부른다)이 음식이 없어
지면 또 가져다주고 또 가져다줬어. 꼭 다시 가고 싶었어.
서울은 인심이 좋아. 내년 5월에는 서울에서 보자, 써니."

　오 년 전에 비해 많이 달라졌는데, 내년엔 쿠무가 서울
을 어떻게 느낄지 궁금하다.

#139

줄라이는 만날 때마다 작은 선물을 가지고 나온다. 처음에
는 자신이 찍은 사진을 한두 장 인화해주더니, 어느 날은
내가 나온 사진을 모두 인화해 나만의 사진집을 만들어 건
넸다. 그녀의 친구가 그렸다며 일러스트가 프린트된 티셔
츠도 주었고, 뉴질랜드에서 샀다는 조개 목걸이도 주었다.
고양이와 함께 사는 걸 알고는 고양이 장난감과 꽃을 주었
고, 새해에는 복돈까지 챙겨주더니 이번에는 우일에게 주
라며 '알로하' 액자까지 건넨다. 우일이 알로하셔츠를 모으

니 주고 싶다는 거였다. 직접 조개를 붙여 만든 나무액자다.

우일은 내내 알로하셔츠를 모았다. 이름에서도 알 수 있듯이 따뜻한 열대 배경에 어울리는 화려한 셔츠다. 큰 꽃이나 야자수, 바다를 소재로 한 그림들이 가득 프린트되어 있다. 그런 과도한 화려함에도 불구하고 이 셔츠는 고급 레스토랑이나 공식 석상, 결혼식이나 장례식에서도 넥타이 없이 정장으로 간주된다. 직장에서도 관공서에서도 많은 사람이 알로하셔츠를 입고 근무한다. 이 셔츠를 입을 수 없는 직업은 변호사와 검사, 그리고 명품 매장 앞을 지키는 보안요원뿐이라고 한다.

이 셔츠는 사실 하와이안 고유의 셔츠는 아니다. 1850년대부터 하와이의 사탕수수와 파인애플 농장에는 많은 아시아인들이 이민을 왔는데, 그중 일본인들이 자신들의 천을 이용해 셔츠 사업을 시작했다고 한다. 그때는 일본 유카타 천에 호쿠사이(일본 에도시대 목판화가)가 그린 것 같은 파도, 소나무, 정자, 벚꽃 등의 일본 그림들이 그려졌다. 그 후 1936년 호놀룰루에 사는 '장'이라는 중국인이 이런 알록달록한 문양이 있는 셔츠를 '알로하셔츠'라는 이름으로 등록했다. 그때부터 관광 상품으로 셔츠를 만들기 시작해 야자수나 히비스커스 꽃, 열대 과일이나 훌라 걸, 서핑 등의 하

일본인이
만들고

중국인이 이름
붙이고

한국인이
모으는

하와이안
셔츠

와이 문화를 대표하는 이미지를 셔츠에 그려 넣었다고 한다. 이 셔츠는 알록달록 화려해서인지 잘못 입으면 사람이 좀 무서워 보이거나 아무 생각이 없어 보인다는 단점이 있다. 대담한 꽃문양이 위압감을 주는 건지 현란한 색이 유치해 그런 건지 야쿠자나 조폭이 연상되기도 하는 셔츠다.

원하지는 않았는데 나도 알로하셔츠가 몇 벌 생겼다. 우일이 그림이 예뻐 구입했다가 사이즈가 작아 어쩔 수 없이 내 것이 된 옷들이다. 기분이 좋으면 우리끼리 집에서 알로하셔츠를 꺼내 입고 맥주를 마시기도 하는데, 셔츠 하나로 그날그날 전혀 다른 분위기의 사람처럼 느껴지기도 한다. 어떤 날은 패션에 몹시 신경 쓰는 중년 같이 보이기도 하고, 어떤 날은 동네 오락실을 기웃거리는 양아치 같기도 하다. 가끔은 길바닥에서 방금 일어난 노숙자 같아 보일 때도 있다. 셔츠 하나로 사람 분위기를 바꾸다니 대단한 위력의 셔츠다.

#140

우일이 일주일째 하루도 거르지 않고 퀸스 바다에 나가 보디보드를 타기 시작했다. 낯설다. 달리기도 좋아했고 수영

나가기 싫어

도 좋아했고 자전거 타기도 좋아했지만, 몸을 쓰는 일은 한 두 번 하다가 금방 그만두는 사람이었다. 체력이 안 받쳐주기 때문이다.

우일은 십 년 전 사고로 허리에 인공관절 수술을 해 오래 서 있거나 걸으면 다리를 전다. 정상이라고는 말할 수 없는 몸 상태다. 게다가 안경을 벗으면 나도 잘 못 알아볼 정도로 눈이 안 좋다. 콘택트렌즈 없이는 멀리서 오는 파도도 안 보인다고 했다.

그랬던 그가 바다에 나갈 궁리만 한다. 매일 밤 12시를 기다린다. 파도의 높낮이와 조류를 알려주는 앱으로 다음 날의 파도를 알기 위해서다. 돈을 내고 프리미엄 회원이 되면 며칠 후의 파도까지 미리 볼 수 있지만, 그 정도는 아니라며(그 정돈데) 날짜 변경 시간을 기다린다. 하루하루를 파도 높낮이로 계획한다. 새로운 우일이다.

#141
요즘 부쩍 해변에 쓰레기들이 눈에 보인다. 관광객으로 잠깐 왔을 때는 대수롭지 않게 생각하며 지나갔는데, 일 년이 넘게 있다 보니 거슬린다. 해변이나 바다에서 플라스틱 쓰레기를 보면 최대한 주워 나오려고 노력한다. 북쪽과 남쪽,

서쪽 해변에서는, 바다에 과자 봉지가 떠다니고 해변에 플라스틱 용기가 뒹구는 정도였는데 동쪽 해변으로 가니 사정이 다르다. 바람과 해류의 영향을 받아 모인 미세플라스틱 조각이 해변에 쌓여 있다. 청소할 엄두도 나지 않는 아주 작은 색색의 플라스틱 조각들이 하얀 모래 해변에 파도가 지나간 선을 따라 널려 있다. 해안선을 따라 걷고 있으면 미세한 플라스틱으로 만든 광활한 대지미술 작품을 관람하는 착각이 들 정도다. 파도에 적당히 마모된 작은 플라스틱 조각들이 모래사장에 그린 색색의 선은 어이없게도 예쁘다.

샌디, 마카푸, 셔우드 해변 등 동쪽 해변은 모두 그런 플라스틱 해안선을 가지고 있었다. 플라스틱은 아무리 작게 부서져도 절대로 썩지 않는다. 문제는 미세 플라스틱을 작은 해양 생물들이 먹고, 그 작은 생물들을 대부분의 바다 생물들이 먹게 된다는 점이다.

나는 플라스틱 사용을 줄이기 위해 요즘 밀랍 천을 만들어 사용한다. 주방에서 쓰는 랩이나 지퍼 백 대신 쓸 수 있다. 여러 개 구입하려니 꽤 비싸서 직접 만들어 쓰고 있다. 밀랍 천은 천과 밀랍만 있으면 다리미로 쉽게 만들 수 있다. 써보니 확실히 랩 사용이 준다. 남은 사과 반쪽도 싸

놓고, 반찬들을 덮어 냉장고에 둘 수도 있다. 도시락도 쌀수 있고, 남은 채소도 싸 보관한다. 그렇게 플라스틱 사용을 염려하는 내가 며칠 전 마카푸 해변에 갔다가 플라스틱 쓰레기를 보고도 줍지 않았다. 플라스틱 스푼이 떨어져 있어 주우려고 허리를 숙였더니, 그 옆에 깨진 플라스틱 컵과 누군가 흘린 서핑 핀이 보였다. 주위를 둘러보니 플라스틱 양동이도 보이고 빨대도 보였다. 스푼을 주워봐야 무슨 소용인가 싶어 관두었지만 보이는 것이라도 주웠어야 했다. 아무 소용없는 짓처럼 보이지만 그렇지 않다. 큰 플라스틱 쓰레기가 부서져 작은 플라스틱 쓰레기가 될 거다. 후회스럽다. 그런 작은 일들이 없으면 세상도 바뀌지 않을 것

이다. 작은 '나'이기에 작은 일을 하고 살자. 작지만 내가 할
수 있는 일은 스스로 하고 살자.

#142

돌아갈 짐을 꾸리려고 보니 고민이다. 방학이 끝나가니 그
제야 불안하고 초조한 입시생 같다. 앞으로 일은 더 줄고,
들어오는 돈도 그만큼 줄어들 거다. 예측할 수 없는 우리의
미래는 불안해만 보였다. 내가 그런 고민을 늘어놓으니 우
일도 같이 걱정이라며 우울해한다. 그중 가장 걱정되는 일
이 하나 생겼다며 더욱 어두운 얼굴이다. 뭐냐고 물으니 석
유난로 켜는 법을 까먹었단다. 미국으로 오기 몇 해 전 겨
울, 난방비를 아껴보겠다며 석유난로를 장만했었다. 사용
법이 헷갈려 추운데도 난로를 못 켜 고생했던 겨울이 생
각난 모양이다. 마지막으로 난로를 사용할 때 그는 다짐하
며 외워두었는데 막상 돌아가 켤 생각을 하니 난감해진 것
이다. 그 사용법이 도무지 기억이 나질 않는다며 힘들어한
다. 아, 이 남자 이렇게나 그릇이 작다. 고민을 모래알에 숨
겨둔 반지 찾듯 찾아낸다. 현실적인 석유난로 고민이 내 알
수 없는 두리뭉실한 고민을 한방에 날려 보낸다. 저절로 웃
음이 나왔다. 우린 이렇게나 다르다. 그래서 나는 이 남자

를 사랑한다. 나이가 들어 좋은 점은 사랑한다는 말을 이렇게나 뻔뻔하게 글로 쓸 수 있다는 점이다.

#143

우리 부부는 많은 여행을 함께했다. 한 번도 가 본 적 없는 곳으로 떠나는 일은 상상만 해도 힘이 솟았다. 모르는 장소를 돌아다니다 오면, 내 집이 그렇게 좋을 수가 없었다. 익숙한 곳에서 멀어질 때마다 우주에서 지구를 보는 것처럼 내가, 우리가, 작아졌다. 그렇게 작아질 때마다 익숙한 것들이 얼마나 아름다운지 깨달았다. 익숙함이 지겨울 때마다 낯선 곳으로 가 그 소중함을 확인하고 돌아왔다. 그래서 떠

나왔고 이제 다시 집으로 돌아갈 준비를 하고 있다.

서울을 떠나온 지 사 년이 다 되어간다. 대학 사 년과 이곳에서의 사 년을 비교하니 말도 안 되게 이곳 생활이 짧게 느껴진다. 문득 정신을 차리면 반년이 후딱 지나가 있었다. 이렇게 오랜 시간 집을 비운 뒤 돌아가기는 처음이다.

파도를 알고 나니 꿈이 생겼다. 파도가 좋은 곳을 찾아다니며 살고 싶다. 이제 파도를 더 잘 알고 싶은 우일은 보디보드를 들고 어딘가의 바다로 향할 것이다. 그저 타는 것으로 만족하는 나는 추울 때는 춥다고 몸이 안 좋을 때는 아프다고 핑계를 대며 파도를 바라보기만 할 것이다.

나는 잘 알지 못하는 마을의 슈퍼에서 잘 모르는 재료들을 사서 요리를 할 것이다. 우일은 무를 썰고 나는 양념을 만들어 깍두기도 담을 것이다. 저녁이면 맥주를 마시며 파도 이야기를 하며 낄낄댈 것이다.

아직 못 가본 바다가 많다. 높은 파도로 유명한 포르투칼Portugal의 나자레Nazaré Beach도 가고 싶고, 강원도 양양의 파도도 보고 싶다. 모로코Morocco와 브라질Brasil 그리고 북한의 바다도 궁금하다.

나이가 들면 내 집 마당에서 토마토도 키우고 마늘도 심으며 서정적으로 늙고 싶었는데 글렀다. 앞으로 몸도 쓰

고 돈도 써야 하니 열심히 살아야겠구나.

　이렇게 타지에서 지내는 것이 서울의 생활과 가장 다른
점은 유통기한이 있다는 점이다. 언젠가 끝이 날 시간을 보
내고 있다. 사실 늘 우린 그런 시간을 보내고 있었다. 한번
지나간 시간은 다시 되돌릴 수 없다. 일흔 살의 생일을 맞
는 엄마의 웃는 얼굴도, 나보다 작은 꼬맹이 딸과의 포옹도
다시는 오지 않을 마지막 순간들이다. 이곳에 살아보겠다
고 왔을 때의 낯설음도, 2019년의 이곳 바다도 다시는 마
주할 수 없는 순간들이다.

2019년이라니, 영화 〈블레이드 러너Blade Runner〉의 배경과 같은 시간이 되었다. 어릴 적에 영화를 볼 때는 까마득히 멀게만 느껴져 그때쯤에는 저럴 수도 있겠구나 생각했는데, 하늘을 날아다니는 그런 자동차는 만들어지지 않았다. 하지만 누구도 겪어보지 못한 새로운 오늘이다. 우리 생애 마지막 내일이 이제 곧 시작될 것이다.

epilogue
에필로그

나는 집 밖에 나가는 게 싫었다. 언제나 집에 있는 걸 좋아했다. 초등학교 시절엔 나가서 뛰어노는 걸 너무 싫어해 어른들이 걱정할 정도였다. 항상 방에 앉아 종이에 낙서만 했으니까. 방에 앉아 공부를 하거나 차라리 제대로 그림을 그렸다면, 부모님이 그렇게까지 내 미래를 걱정하지는 않았을지도 모른다.

어른이 되어 만화가가 되었고 여전히 방에 있는 걸 좋아한다. 그런데 뜻밖에 여행도 자주 다니고 심지어 여행 책도 쓰고 그린다. 뭔가 앞뒤가 안 맞아 보이지만 실은 여행하는 시간은 짧고 방에 앉아서 책 만드는 시간은 길다. 그러니 크게 달라진 건 아니다. 언제나 내게 여행은 짧은 일탈일 뿐이다.

2015년 가을에 연희동 집을 떠났다. 오리건 주 포틀랜드에서 이 년을 보낸 후 이곳 하와이 오아후 섬으로 왔다. 햇수로 오 년이 흘렀다. 하지만 이게 여행일까? 집을 떠나긴 했지만 그렇다고 여행은 아니었다. 그저 내 방을 잠시 옮긴 것일 뿐.

비가 많이 내리는 포틀랜드에선 정말로 주로 방에만 있었던 거 같다. 서울에서와 크게 다르지 않았다. 책방에 가고 영화를 보러 가고 밥도 먹으러 가지만, 대부분 집에만 있었다. 집에서 맥주를 마시며 낙서를 했다. 그러면서 생각했다. '나는 요람에서 무덤까지 방구석에서 낙서만 하다가 죽을 팔잔가 보다.'

그러다 하와이 오아후 섬으로 이사를 했다. 밖에 날씨가 좋았지만 그래도 집구석이 더 좋은 건 어쩔 수 없었다. 나는 다시 책상에 앉아 낙서를 시작했다.

오래전 여행을 하다 서핑을 했다. 두어 번 도전했지만 영 실력이 늘지 않았다. 당연하다. 평생 방에만 있던 인간이 바다에 대해 뭘 알겠는가. 바람과 조수를 모른다. 스웰 swell이며 파도도 알 수가 없다. 바다는 내게 우주 공간과

도 같은 미지의 세계였다. 그래서 일찌감치 포기했다. 파도
타기 같은 건 다음 생에나 할 수 있으려니 생각했다. 그런
데 이곳에 온 후, 뭣도 모르고 보디보드로 파도를 타게 되
었다.

누군가에게 배운 게 아니다. 바다엔 매일같이 파도가 있었
고 내 옆엔 오래전에 순전히 폼으로 구입한 보디보드가 있
었던 덕분이다. 한번 맛본 파도타기는 방구석에서 기어코
날 끄집어냈다.

파도를 타기 시작하며 가장 부러웠던 사람은 선수처럼 파
도를 잘 타는 이가 아니었다. 학교도 빼먹고 오전부터 보디
보드를 들고 파도를 타러 나온 원주민 아이들이었다. 그들
은 바다에서 언제나 즐거웠고 때론 진지했다. 원주민 노인
들도 부러웠다. 칠십이 한참 넘은 노인도 파도를 타러 매
일 아침 바다에 나왔다. 이제 아는 사람이 늘어 해 뜰 때 퀸
스 해변에 나가면 여기저기 인사하기 바쁘다. 나도 그 노인

들처럼 나이 들어서도 파도를 타고 싶다. 전엔 낙서를 하는 시간이 가장 행복했다. 이젠 파도를 타는 시간도 그만큼 행복하다.

퀸스의 바다에 둥둥 떠 파도를 기다리는 시간. 하늘 높이 이바 새 세 마리가 노스 쇼어 방향으로 날고 있다. 슬슬 바람이 바다 쪽으로 불기 시작한다. 저 멀리, 꺾여 하얗게 부서지는 파도가 보인다. 곧 파도가 코앞에 도착할 것이다.

퀸스 해변에서

이우일

◎ 이 책의 지명 및 인명 등 외국어는 외래어표기법에 준하여 표기하되, 일부 어휘는 예외적으로 현지 발음을 살려 적었습니다.

◎ **주요 책 속의 책**
황지우, 〈너를 기다리는 동안〉, 《게 눈 속의 연꽃》(문학과지성사, 1994)
정현종, 〈섬〉, 《섬》(문학판, 2009)
장 그르니에, 《섬》(민음사, 2008)
유발 하라리, 《사피엔스》(김영사, 2015)
미셸 투르니에, 《외면일기》(현대문학, 2004)
김애란, 〈가리는 손〉, 《바깥은 여름》(문학동네, 2017)

하와이하다

1판 1쇄 발행 2019년 10월 14일 **1판 3쇄 발행** 2020년 4월 26일
지은이 선현경 이우일
펴낸이 고세규
편집 장선정 **디자인** 홍세연

발행처 김영사
주소 경기도 파주시 문발로 197(문발동) 우편번호 10881
등록 1979년 5월 17일(제406-2003-036호)
구입 문의 전화 031)955-3100 **팩스** 031)955-3111
편집부 전화 02)3668-3295 **팩스** 02)745-4827 **전자우편** literature@gimmyoung.com
비채 카페 cafe.naver.com/vichebooks **인스타그램** @drviche
트위터 @vichebook **페이스북** facebook.com/vichebook **카카오톡** @비채책
ISBN 978-89-349-9923-2 03810 책값은 뒤표지에 있습니다.

비채는 김영사의 문학 브랜드입니다.

이 도서의 국립중앙도서관 출판예정도서목록(CIP)은 서지정보유통지원시스템 홈페이지(http://seoji.nl.go.kr)와 국가자료공동목록시스템(http://www.nl.go.kr/kolisnet)에서 이용하실 수 있습니다. (CIP제어번호: CIP2019037100)